Os cabeças de bagre também merecem o paraíso

OBJETIVA

José Roberto Torero

Os cabeças de bagre também merecem o paraíso

OBJETIVA

Todos os direitos desta edição reservados à
EDITORA OBJETIVA LTDA. Rua Cosme Velho, 103
Rio de Janeiro – RJ – CEP: 22241-090
Tel.: (21) 2199-7824 – Fax: (21) 2199-7825
www.objetiva.com.br

Capa e Projeto Gráfico
Glenda Rubinstein

Organização
Marcus Aurelius Pimenta

Revisão
Renato Bittencourt
Sandra Pássaro

Editoração Eletrônica
Trio Studio

T676c

Torero, José Roberto

Os cabeças de bagre também merecem o paraíso / José Roberto Torero. – Rio de Janeiro: Objetiva, 2001

151 p. ISBN 85-7302-409-7

1. Literatura brasileira – Crônicas. 2. Futebol – Crônicas. I. Título

CDD B869.4

Agradeço aos leitores Cecília Lopes,
Isabel Cristina Martelli Cabral, José Paulo Sant'Anna,
Marcelo Duarte e Zeca Marques

Advertência

Este livro é formado por alguns textos inéditos e outros nem tanto.

Os primeiros são 26 biografias de jogadores inventados.

Os segundos são 32 crônicas selecionadas entre mais de 350 textos publicados pelo autor na *Folha de S. Paulo*, na revista *Placar* e no *Jornal da Tarde*. Todas foram devidamente revisadas pelo autor para esta publicação.

Tentei seguir três regras para ficar com apenas 10% dos textos: a primeira (mais lúdica, mas não menos importante) foi escolher os que mais me divertissem. A segunda, um tanto mais técnica, foi encontrar crônicas que superassem a natureza efêmera da redação jornalística, sempre ligada aos fatos do dia a dia. A última foi privilegiar algumas experiências formais pouco comuns no jornalismo esportivo, como poemas, listas, testes, hinos, fábulas, receitas, dicionários, contos, cartas e falsos documentos, tudo amarrado pelo fio da digressão cômica.

Os textos sobreviventes ziguezagueiam entre o verdadeiro e o ficcional, entre o raciocínio e a invenção.

Ao torcedor tradicional, geralmente avesso à ironia e pouco amigo do distanciamento, não recomendo a compra deste livro. Ele certamente não apreciará a combinação que o entremeia: uma grande paixão pelo futebol misturada a uma aguda percepção de sua desimportância.

Marcus Aurelius Pimenta

Dize-me quem escalas e te direi quem és

A seleção de cada torcedor funciona como uma espécie de espelho. Assim, se ele escolhe um meio-campo formado por Dunga, Galeano, Mauro Silva e César Sampaio, fica evidente que se trata de um precavido, talvez até de um covarde. Por outro lado, se propõe um ataque com Rivaldo, Ronaldinho e Romário, estamos na frente de um ousado, de um destemido. Se a linha é Dorval, Mengálvio, Coutinho, Pelé e Pepe, falamos com um saudosista, e se a defesa conta com Carlos Alberto, Figueroa, Domingos da Guia e Nílton Santos, estamos ao lado de um amante dos clássicos.

Convencido de que escalar uma seleção seria a forma ideal de me apresentar ao leitor, pus o cérebro para trabalhar e escolhi meus onze jogadores preferidos:

Goleiro: Drummond

Um grande time começa por um grande goleiro. Drummond nasceu em Itabira, mas atuou longo tempo no Rio de Janeiro. Ele traz segurança e tranquilidade para o resto da equipe. É elástico e seguro, dono de um estilo que marcou época e fez seguidores.

Lateral direito: Bandeira

O pernambucano merece a posição apesar dos problemas respiratórios. Lateral direito de inegável leveza, caracteriza-se por criar jogadas aparentemente simples, mas que só parecem tão simples porque ele faz um complexo trabalho para descomplicá-las.

Zagueiro central: Erico

Central tem que ser gaúcho. Erico, além de ter nascido em Cruz Alta, é um beque polivalente: joga com qualquer tempo – e vento. Pode atuar com aspereza e rudeza, ou sair jogando com maleabilidade e graça. Assim como outro central, Domingos da Guia, também possui um filho de inegável talento.

Quarto zagueiro: Nelson Rodrigues

Essa é uma posição onde é proibido ter falsos pudores; tem que se chutar a bola para a arquibancada e, se preciso for, deixar o inimigo estatelado no chão com fratura exposta. É o caso de Rodrigues, um jogador de moral polêmica. Alguns críticos mais ácidos dizem que ele cai muito pela direita, mas trata-se de um defeito menor que suas qualidades.

Lateral esquerdo: Vieira

Começou a carreira timidamente, mas um dia teve um estalo e passou a jogar como que inspirado pela luz divina. Seu estilo é lógico, mas também grandiloquente. Às vezes traça caminhos tortuosos, mas sempre chega ao seu objetivo. De todos os convocados é o único Atleta de Cristo.

Médio volante: Gregório

Um bom cabeça de área tem que saber xingar a mãe do adversário de doze formas diferentes. Gregório conhece 118. Não é à toa que o apelidaram de Boca do Inferno. Perguntado sobre as violentas faltas que comete, diz que são para a glória de Deus, pois, "quanto maior o meu pecar, maior a graça d'Ele em perdoar". Não raro, elabora firulas e gongorismos que surpreendem a torcida.

Meia-direita: Mário

Um ponta de lança tem que ser ao mesmo tempo clássico e inovador. Mário consegue as duas coisas: sabe estudar o jogo e inventar lances com a mesma competência. Pode-se dizer que é um clássico de vanguarda.

Meia-esquerda: Machado

A nobre camisa dez não poderia ser vestida por outro. Excelente nos lançamentos em profundidade, é um especialista nos dribles sutis e no toque refinado. Estranhamente, está sempre com um riso nos lábios. Não se sabe, contudo, se ri dos inimigos, de si mesmo ou do público.

Ponta-direita: Guimarães

É um inventor. Guimarães cria dribles e ziguezagueia pelos campos gerais como ninguém. Seus lances são inesperados, como se ele sempre tivesse que criar um caminho próprio. Aprendeu tudo que sabe na várzea, mas seu jogo é universal.

Centroavante: Oswald

Um centroavante deve ser imprevisível, e imprevisibilidade é a única coisa previsível em Oswald. Seu jogo é feito de toques curtos e dribles em pequenos espaços. Tem um temperamento difícil e costuma polemizar com os adversários. É um típico rompedor.

Ponta-esquerda: Graciliano

Vindo de Quebrângulo, Alagoas, este extrema-esquerda é dono de um estilo duro, sisudo e seco. O torcedor sempre pode esperar dele um jogo consistente e seguro. Odeia concentrações e pretende escrever um livro de memórias condenando essa prática.

Obs.: Obviamente esta seleção de imortais conta apenas com jogadores defuntos, o que deixou de fora vários nomes. Em meu banco de reservas estão Verissimo, Ubaldo, Millôr e Fonseca. São grandes atletas, mas desconfio que não têm muita pressa em entrar nesse time.

Almir, Amir e Aimar eram trigêmeos. Na década de quarenta, eles formaram o ataque do Santíssima Trindade Esporte Clube, da cidade de Quem-quem, Minas Gerais. Os três trocavam sempre de posição e, como naquele tempo as camisas ainda não tinham números, seus marcadores ficavam totalmente perdidos. O sucesso do trio durou até o dia em que Almir raspou o cabelo, Amir decidiu deixar crescer um basto bigode e Aimar, uma vasta barba. Depois disso os marcadores sempre sabiam quem era quem e eles nunca mais foram os mesmos.

Por que estou com a mão enfaixada

Tive um sonho esquisito ontem: era uma manhã ensolarada e eu vinha a pé pela avenida Paulista, sentido Consolação-Paraíso. O silêncio era total, nenhum carro passava. Havia apenas papéis picados cobrindo o asfalto e bandeiras brasileiras penduradas nas janelas.

Continuei andando devagar até que, de repente, em frente ao prédio da *Gazeta*, vi um guarda de trânsito cego e fui até ele para saber o que estava acontecendo:

"O que houve? Onde estão todos? Por que esse silêncio?"

"Devagar, meu jovem, devagar. Duas perguntas de cada vez."

"Por que a rua está vazia? Por acaso hoje é quarta-feira de cinzas?"

"Não, é segunda-feira, dia 13 de julho de 1998."

Achei aquilo estranho e resolvi consultar meu relógio. Batata: 13 de julho. Olhei então para uma banca de jornais e vi uma faixa em que estava escrito "2002 é hexa!". Cheguei mais perto e li que o Brasil tinha vencido a França por 3 a 0 (gols de Ronaldinho, Roberto Carlos e Rivaldo). Fiquei tão atordoado que comprei todos os jornais e revistas. As manchetes eram as seguintes:

The New York Times: Um tal de Brazil vence uma tal de Copa.

Le Monde: Selvagens brasileiros atrapalham trânsito na Champs-Élysées.

JB: Seleção de FHC dá show em Paris.

O Dia: Servidores têm feriado por causa da Copa.

Folha: (Ao lado de um gráfico) Brasil vence com 88% de passes certos.

O Estado de S. Paulo: Brasil é penta, mas MST saqueia mercados.

Notícias Populares: Brasil esquarteja França.

Gazeta Mercantil: Penta aquece varejo.

Diário do Grande ABC: Denílson, o gênio de Diadema, leva Brasil à vitória.

Zero Hora: Dunga, o gênio do Rio Grande, leva Brasil à vitória.

Estado de Minas: Mesmo no banco, Dida leva Brasil à vitória.

Veja: Torcida de Abílio Diniz leva o Brasil à vitória.

Caras: Vera Loyola e Narcisa Tamborindeguy comemoram título na ilha de Caras.

Correio Braziliense: FHC dará medalhas aos campeões.

A Tarde: ACM saúda os campeões!

Playboy: Suzana Werner: a loiraça do penta!

Eu ainda estava meio tonto quando uma mão pequenina e macia tocou meu ombro. Virei-me e quase caí para trás:

era a Ana Paula Arósio. Ela me disse que estava tão feliz que queria dar um beijo em alguém.

"Serve eu?"

"Serve", ela respondeu enquanto colocava seus braços em volta do meu pescoço.

Foi aí que o despertador tocou.

Estou com a mão enfaixada por causa do soco que dei nele.

999

O quando era 19 de novembro de 1969 e o onde era o Maracanã. O quê foi um pênalti apitado contra o Vasco da Gama pelo juiz Manoel Amaro de Lima. O quem era Pelé, o número dez do Santos, autor de 999 gols.

Ele ajeita a bola na marca de cal. Antes de bater, olha para as arquibancadas. Centenas de milhares de pessoas querem compartilhar aquele momento histórico. Ele também olha para Andrada, o goleiro magricela que, para tornar ainda maior a alegria de Pelé, é argentino.

Pelé começa a correr. Escolhe o canto direito e bate colocado à meia altura. Ainda cego pelos inúmeros flashes das máquinas fotográficas, não consegue entender direito o que se passa, mas a reverberação de um comprido “Uuuh!” chega aos seus ouvidos. Ele esfrega os olhos e vê Andrada com a bola apertada contra o peito. Não tinha sido daquela vez.

Pelé ficou triste e desmotivado; até pediu para ser substituído minutos mais tarde. No jogo seguinte, contra o São Paulo, esteve outra vez perto da glória, mas por duas vezes mandou a bola de encontro às traves.

Vieram outras chances. No empate contra o Palmeiras, o jovem goleiro Leão rebateu a bola à frente de seus pés; ele, porém, mandou-a para fora. Alguns dias depois deu dois chapéus em Ditão, mas acabou chutando em cima de Ado. Pena! Ele adorava vencer o Corinthians...

Pelé foi ficando nervoso e um dia, sem que ninguém visse, começou a beber. Primeiro foi uma cerveja, depois uma caipirinha e no fim acabou experimentando aguarrás. O efeito disso foi que começou a chegar atrasado aos treinos, caiu de rendimento e, diante dos clamores da torcida, perdeu a posição para Brecha.

Isso foi fatal para seus planos de jogar a Copa de 1970. Zagallo, receoso, não o convocou para a equipe tricampeã. Tostão jogou um pouco mais recuado no meio-campo e Dario foi o centroavante.

Nos anos seguintes, na reserva, Pelé não conseguiu fazer seu milésimo gol. Decidiu então despedir-se do futebol. As glórias passadas ainda estavam na memória de todos, e a Vila Belmiro lotou naquela tarde de 1972 para ver o seu adeus contra um combinado de craques. Quem sabe se na partida derradeira ele não chegaria ao milésimo gol.

Pelé estava infernal. Num lance brilhante, a Vila Belmiro quase veio abaixo. Pôs a bola no meio das pernas de Piazza, deu o drible da vaca em Luís Pereira, deixou Figueroa no chão e chutou colocado no ângulo. Ele já ia dar um soco no ar quando viu a bola sendo espalmada para escanteio pelo goleiro. O nome dele era Andrada.

Daquele dia em diante, ninguém mais o viu. Pelé deixou a barba crescer e ficou conhecido pelos habitantes de Três Corações como um mendigo esquisito, que vivia chutando pedrinhas como se estivesse cobrando um pênalti. E nunca acertava.

"Acorda, acorda!"

"Que foi, Assíria?"

"Você está tendo um pesadelo e não para de me chutar!"

"Sonhei que perdi o pênalti contra o Andrada, entende?"

"Que bobagem... Dorme, Edson."

Mas ele não consegue mais dormir e passa a noite em claro. Enquanto isso, em algum lugar, Andrada tem o mesmo sonho de Pelé. E sorri.

Brisa era um goleiro tão magro e leve que saltava mais do que qualquer outro. Um dia, porém, enquanto pulava para interceptar um cruzamento, soprou um repentino vento nordeste e ele foi levado pelos ares. Brisa jamais foi visto outra vez.

Os artilheiros da távola redonda

Que o futebol foi inventado na Inglaterra todo mundo sabe. O quando, nem tanto. Uns dizem que foi no século XVIII, outros, no XIX. Ledos enganos: o futebol foi realmente inventado na Inglaterra, mas já existia pelo menos desde o ano 966 d.C., nos tempos do rei Arthur.

Mas vamos à história:

Como presente de seu casamento com Guinevere, o rei Arthur recebeu do pai, Uther Pendragon, uma grande mesa redonda feita de carvalho. Muitas foram as sugestões para o uso daquele móvel.

"Vossa majestade deveria reunir em torno dela os mais valentes guerreiros da Inglaterra", disse Jack, o chefe da guarda.

"Ou os maiores feiticeiros", disse Merlin, o mago.

"Ou os mais renomados bobos", disse Bush, o bobo.

"Seguirei o conselho dos três ao mesmo tempo!", bradou Arthur.

"Como, darling?", indagou a rainha Guinevere.

"Ao seu redor sentarão os 11 melhores jogadores de futebol da cristandade", respondeu ele. "E eu serei o técnico. Seremos os 12 artilheiros da Távola Redonda!"

Como nem mesmo o bobo era bobo a ponto de criticar uma opinião do rei, todos acataram a ideia com aplausos. Foram feitas então várias peneiras e, enfim, escolhidos os 11 atletas. O destaque era o ponta de lança Lancelot.

Arthur e os cavaleiros se reuniam nos finais de semana para discutir táticas e depois enfrentar adversários locais. Todos foram esmagados sem piedade. Cansados de vitórias fáceis, um dia eles decidiram desafiar os muçulmanos, os melhores jogadores daquele tempo.

Arthur enviou um mensageiro aos infiéis e propôs um duelo em melhor de três. Se o time cristão vencesse levaria o Santo Graal, que estava em poder dos maometanos; se estes ganhassem, receberiam mil ducados, vinte carroças de trigo, uma tonelada de azeite e seis escravas cada um. Os mouros sempre foram bons negociantes.

No jogo disputado em Londres, os cristãos venceram por 2 a 0, mas na revanche, em Meca, levaram o troco: 0 a 2. Tudo ficou para ser resolvido na negra, marcada para o Coliseu, em Roma.

Foi uma partida difícil e os zeros não saíam do placar. Então, aos 44 minutos do segundo tempo, o mago Merlin deu a sir Lancelot a chuteira mágica chamada Excalibur. Na primeira bola que pegou com Excalibur, o artilheiro disparou um petardo e a bola – queimando os ares qual um cometa incandescente – entrou no ângulo do goleiro Ali Babá.

Chegando em casa, Arthur deu o cálice sagrado para a sua Guinevere. Ela abriu a caixa com cuidado, mas, quando pegou a relíquia nas mãos, ficou decepcionada:

“Não combina com a nossa mobília.”

“Mas, Gwen, querida, este é o cálice sagrado, a taça em que o Nosso Senhor bebeu o vinho da última ceia!”

“Nem que fosse o prato em que Deus come sucrilhos. Na minha casa isso não entra!” E, dizendo isso, atirou a taça pela janela do palácio.

O troféu foi rolando por uma escarpa, caiu no mar e assim o Santo Graal foi perdido para sempre. Naquele momento ouviu-se ecoar no céu uma voz tonitruante que disse: “Jogastes fora minha taça? Pois ficareis mil anos sem ganhar outra!”

E é por isso, leitores, que os ingleses, inventores do futebol, só foram ganhar outra taça em 1966.

Corisco era o ponta-direita mais veloz de Cromínia. Tanto que se dizia que nem uma bala poderia alcançá-lo. Com isso conquistou muito dinheiro e muitíssimas mulheres. Uma delas, no entanto, era casada com um homem famoso por seu ciúme e por ter a melhor pontaria da cidade. E foi assim que se soube que o finado Corisco não era mais rápido que uma bala.

O mais nobre dos esportes

O homem mais rico do mundo queria saber qual era o mais nobre dos esportes e, para isso, chamou três sábios: um da China, porque a China é o berço da sabedoria; outro da França, porque a França é o berço da ciência; e outro dos Estados Unidos, que não são o berço de coisa nenhuma mas ganham muitas medalhas nas Olimpíadas.

Logo que os três sábios chegaram à casa do magno magnata, este lhes perguntou: "Senhores, qual o mais nobre dos esportes? Aquele que me convencer receberá um pote de ouro."

Então o chinês disse: "Honorável senhor, em todos os esportes há nobreza, mas em nenhum outro há mais do que no xadrez. Ele é um jogo de estratégias e inteligências, onde mais conta o cérebro do que qualquer outra coisa. O xadrez é o esporte do intelecto." Depois, satisfeito com suas próprias palavras, sentou e tomou seu chá.

Então o francês falou: "*Monsieur*, nenhum esporte se compara à esgrima. Na esgrima treinamos pontaria e rapidez, defesa e ataque, reflexos e precisão. É um esporte onde todo o corpo é chamado a agir, e por isso é o esporte da habilidade física." Depois, satisfeito com suas palavras, sentou e tomou seu vinho.

Então o norte-americano rosnou: "*Mister*, o xadrez e a esgrima são *okeis*, mas o mais nobre mesmo é o pôquer, que exige dissimulação e farsa, psicologia e trama. Ele não é jogado apenas com o corpo e o cérebro, mas também com a alma. É o esporte do controle emocional." Depois, satisfeito, sentou e tomou sua Diet Coke.

O homem mais rico do mundo disse que precisava de algum tempo para pensar sobre aqueles profundos arrazoamentos, e, como pensar dá fome, pediu uma pizza pelo telefone.

Quando o entregador chegou com a pizza, o homem mais rico do mundo, só por brincadeira, resolveu lhe perguntar qual era o esporte mais nobre: o xadrez, a esgrima ou o pôquer. O entregador não se fez de rogado e disse: "Esses três esportes são importantes, mas o mais nobre de todos é o futebol de botão."

Os três sábios caíram na gargalhada, mas o entregador permaneceu imperturbável.

"Vejam, o futebol de botão é uma síntese do conhecimento humano. Ele necessita de movimentos estratégicos como o xadrez; pede pontaria, reflexos e precisão como a esgrima – e requer autodomínio como o pôquer. O futebol de botão, senhores, é o único esporte onde são necessários intelecto, habilidade física e controle emocional. Tudo ao mesmo tempo e em igual proporção."

Todos ficaram boquiabertos com tais ideias e as aplaudiram com entusiasmo.

O entregador então fez uma partida de botão com cada um dos presentes para celebrar a mais nobre das artes. Ele venceu o chinês por 8 a 0, goleou o francês por 9 a 0 e deu de 10 a 0 no norte-americano. Estranhamente, porém, perdeu de 1 a 0 para o anfitrião; e com um gol contra.

O homem mais rico do mundo ficou tão feliz com a inesperada vitória que não deu apenas um pote de ouro ao entregador de pizza, mas também a mão de sua linda filha e única herdeira.

E a moral dessa fábula esportiva, se é que há alguma, é que é bom ser sábio, mas melhor ainda ser sabido.

Dorim era um central violento, daqueles que batem sem dó, que gostam de ouvir ossos quebrando e de ver sangue correndo. Sua fama se espalhou aos quatro ventos e não havia centroavante que não se arrepiasse ao escutar seu nome. Mas, um dia, Dorim enfrentou Apolônio, tido como o mais belo centroavante de todo o Espinhaço. Naquele jogo, Dorim não chutou, não derrubou, não escoiceou. Perseguia Apolônio por todo o campo, mas não o tocava. À conta disso foi que Apolônio fez quatro gols. Dorim saiu cabisbaixo e os mais exagerados dizem que uma lágrima correu-lhe pelo rosto. Na segunda-feira foi encontrado morto, talvez por desgosto, talvez por veneno, não é impossível que pelos dois. Estava quase nu. Apenas a bandeira do clube cobria seu corpo de mulher.

O hino do Lambão

Os pensadores vêm dando cada vez mais importância ao futebol como fenômeno cultural. Para ficar na moda, decidi estudar os hinos dos clubes. Após um trabalho fatigante e obstinado que levou pelo menos 15 minutos, cheguei a uma primeira grande conclusão:

Os hinos são divididos em dois grupos: os devotadores de paixão e os exaltadores apoteóticos.

O grupo dos devotadores inclui hinos que exaltam o amor incondicional do torcedor ao clube. Não se fala de méritos, mas de sentimentos. É o caso do "Uma vez Flamengo, Flamengo até morrer!", e dos belos versos "Até a pé nós iremos, para o que der e vier/ Mas o certo é que nós estaremos com o Grêmio onde o Grêmio estiver".

É possível que o mais apaixonado de todos seja o do América-RJ, que diz: "Hei de torcer, torcer, torcer/ Hei de torcer até morrer, morrer, morrer/ Pois a torcida americana é toda assim/ a começar por mim." Vemos que talvez expliquem a diminuição da torcida do América.

Já no grupo dos exaltadores apoteóticos fala-se menos em amor e mais na grandeza da agremiação. Nesse grupo estão os clubes paulistas: o hino do Palmeiras inicia avisando que entra em campo o alviverde imponente, que sabe sempre levar de vencida e mostra que, de fato, é campeão. O do Corinthians diz que o clube é o campeão dos campeões, além de ter tradições, glórias mil e ser o orgulho dos desportistas do Brasil. O do São Paulo fala que o tricolor é o primeiro dentre os grandes e o do Santos diz que agora quem dá bola é o Santos, campeão absoluto desse ano, certamente referindo-se a outros anos.

Fora de São Paulo também encontramos hinos autoelogiosos: o do Inter diz que o colorado é a glória do desporto nacional, o do Cruzeiro que existe um grande clube na cidade, e o do Fluminense fala em clube tantas vezes campeão.

Mas o que mais me chama a atenção nessa história toda é o exagero. Se todos são os mais amados, os imbatíveis, como conviver com o fato de que só um deles ficará com a faixa de campeão? Pensando nisso, decidi compor um hino modesto e realista para um clube que, provisoriamente, chamarei de Lambão Futebol Clube. A melodia, obviamente, é em dó menor:

Hoje é dia de jogo do Lambão,
Pelo menos foi o que ouvi no rádio,
Se não tiver nada na televisão,
Pode ser que eu vá até o estádio.

Refrão: Entra ano, sai ano,
Continuas mediano,
Lambão, Lambão, Lambão,
Quase moras no meu coração.

Nossa equipe não é nenhuma fera,
E nesse ano ela pode até cair,
Muitas vezes desaponta a galera.
É duro, mas temos que admitir.

Refrão

O time não chega a ser ruim
E não será surpresa se perder,
Eu com ele estarei até o fim,
Isso, claro, se hoje não chover.

Refrão

Elson, goleiro de Venha Ver, Rio Grande do Norte, era cego. Mas compensava essa falta com sua audição extremamente apurada. Elson defendia de ouvido, escutando o assobio da bola no ar. Durante algum tempo ele fez muito sucesso, pois pressentia os efeitos da bola e não havia problema se sua visão estava encoberta. Porém, um dia, as torcidas adversárias perceberam a origem de seu talento e começaram a levar apitos para o campo. Elson teve que mudar de profissão. Hoje faz armações de óculos em Vista Alegre, interior de Goiás.

Etimologias

Uma das coisas mais divertidas que existem é descobrir a origem das palavras. Está bem, sexo é melhor, e também cinema, literatura e bala de alcaçuz. Mas a etimologia fica, vá lá, entre as mil coisas mais divertidas. Descobrir o sentido original de uma palavra é como ver sua tia de sutiã – você nunca mais vai olhar para ela do mesmo jeito.

No futebol há várias palavras que ninguém nunca se pergunta de onde vieram. Por que, por exemplo, o goleiro é chamado de arqueiro? Não, não é porque Robin Hood gostava de pegar no gol. É porque os primeiros jogos nas universidades inglesas usavam as arcadas como traves. Logo, quem ficava entre elas era o arqueiro.

E de onde vem a palavra drible? Eis aí uma dúvida que causa polêmica no mundo acadêmico. O etimologista Maurício Arruda explicou-me que a palavra tem origem africana e vem, mais especificamente, do adjetivo *dibo*, que significa "dançarino".

Por outro lado, a latinista Isabel Cabral garante que a palavra é uma alteração do verbo *deribare*, que significa "andar feito bêbado". Provavelmente a comparação vem do fato de que os bêbados, como os dribladores, nunca nos deixam saber para que lado será seu próximo passo.

Já gol viria de *God*, termo anglo-saxônio para "Deus". No começo, as pessoas falariam *thank you, God* a cada tento marcado. Depois, passaram a falar apenas *God*, e este foi se metamorfoseando até chegar ao atual gol.

Já o verbo marcar teria sido usado pela primeira vez em 1917 pelo lendário zagueiro ponte-pretano Sovaco de Cobra. Depois de levar um drible por baixo das pernas, ele teria dito: "Vou marcar aquele ponta desgraçado!" Na jogada seguinte, Sovaco usou o verbo no sentido original, ou seja, deixou os sulcos de sua chuteira impressos na testa do atacante. Depois desse dia o verbo assumiu o sentido de "jogar próximo ao adversário, não deixando que ele evolua livremente".

E, quanto a pênalti, surgiu em 1921 por causa de dois jogadores do Oldcastle: P. Sterne e T. Elliot. P. Sterne era o cobrador oficial de faltas, mas vinha errando seguidamente. Então, certo dia, quando o juiz marcou uma penalidade máxima a favor do Oldcastle, a torcida gritou "P. no, T.!, P. no, T.!" Desde esse dia a penalidade máxima começou a ser chamada de "pinolti", aportuguesando-se depois para pênalti.

Há também a palavra firula, usada para indicar uma jogada desnecessária. Como sabem os que entendem um mínimo de costura, firula é um ponto de bordado muito difícil de fazer, porém sem nenhuma função estrutural no conjunto do bordado. Como essa palavra migrou da costura ao futebol é que é um mistério.

Já escanteio tem uma história interessante: nos primórdios do futebol, na Universidade de Oxford, o córner era marcado por um pequeno canteiro de flores. Quando o canteiro foi substituído pelas atuais bandeiras, esta área ficou conhecida como o local do ex-canteiro e, com o tempo, a expressão derivou para escanteio.

E por fim há catimba, vocábulo utilizado quando um jogador usa de expedientes desonestos para gastar o tempo e segurar o placar. Pode também ser usada no sentido de "faltar com a verdade", que é o que fiz no texto de hoje.

Felisberto, apesar do nome, era um infeliz, um pé-frio, um caipora. Nunca ganhou uma aposta e nem há loteria ou carteado em que tenha se dado bem. Até no par ou ímpar era um fracasso. Para ele, todos os jogos eram de azar. Porém, Felisberto era um excelente meia-direita. Fazia belos lançamentos, corria com elegância e driblava com facilidade. Sob seu comando, o Ferradura Atlético Clube invariavelmente chegava às finais da bela cidade de Xangrilá, Rio Grande do Sul. Mas aí, é claro, sempre perdia. Depois de 12 vice-campeonatos, os jogadores já estavam cansados do pé-frio de Felisberto e, dessa vez, antes que entrassem em campo, decidiram que seu principal atleta ficaria no banco. Felisberto protestou, mas os argumentos e as cordas o fizeram aceitar a reserva. O Ferradura, é claro, conquistou a taça. E Felisberto, que nem tocara na bola, foi aclamado como o grande responsável pela vitória. Hoje, sempre que olha para aquele solitário troféu em sua estante, uma lágrima rola por sua face. E ninguém sabe se é de tristeza ou de alegria.

O clássico dos clássicos

Passando os olhos por uma edição do jornal macedônio *Alfa e Ômega*, de 29 de abril de 312 a.C., descobri que os gregos praticavam o esporte bretão muito antes dos bretões. Copio aqui as milenares palavras para deleite dos meus três leitores:

A final do campeonato deste ano entre os times do Liceu e da Academia foi confusa. Mal começou a partida e os acadêmicos atacaram: Sócrates tocou a esfera para Platão, e este rapidamente a lançou para Pitágoras, que a devolveu para Sócrates, com o que o objeto desenhou um belo triângulo escaleno. Então Sócrates dominou a esfera, girou seu corpo e disparou um venenoso petardo contra o arco inimigo.

O arqueiro do Liceu, Aristóteles, apenas pôde assistir à trajetória do bólido, que bateu na haste superior – à qual os escravos chamam de travessão – e caiu sobre a linha. O problema é que a esfera caiu numa poça d'água, ficando metade para dentro e metade para fora. Imediatamente os jogadores formaram uma roda em torno da esfera e teve início uma emocionante discussão:

"Não poderemos contar esse ponto", disse o arqueiro Aristóteles. "Só meia esfera está adiante da linha, e, logicamente, uma metade não pode ser uma totalidade."

Platão rebateu: "Com o devido respeito, brilhante Aristóteles, não há fração que não contenha parte do todo, e, sendo assim, o todo, ao menos em parte, está adiante da linha. Isso nos leva a admitir, ao menos conceitualmente, a existência desse ponto."

"São sábios os argumentos de Platão", secundou Epicuro, lateral esquerdo do Liceu, "mas a parte não contém em si o espírito do todo, tanto que, se cortarmos o dedo de um homem, ele cairá no chão, deixando de cumprir suas funções naturais. Daí, concluo que a alma está no todo, mas não na parte, com o que não podemos validar o tento".

"Pobre é a discussão que fica sem o pensamento de Epicuro", disse Zenon, túnica 10 da Academia, "porém a animação, no reino inanimado, não se dá por ligação de veias, mas por prolongamento da essência. Logo, se partimos ao meio uma pedra, uma gota d'água ou a esfera em questão, as duas partes terão idênticas qualidades, o que nos leva a considerar esse ponto como legítimo".

E assim a discussão arrastou-se por mais uma hora. Nas arquibancadas, os acadêmicos e liceístas vibravam a cada argumento e agitavam freneticamente suas bandeiras.

Porém, quando o carro de Apolo encerrava a sua viagem pelo céu, Beócio, o tosco zagueiro da Academia, irritado com aquela demora, deu um tremendo chute na bola, mandando-a definitivamente para dentro do arco adversário. Como a esfera ainda estava em jogo, o juiz Demócrito não teve outra alternativa a não ser validar o tento.

Aristóteles, irado com a atitude antifilosófica de Beócio, não quis mais argumentar e deu-lhe um soco. Depois, Platão chutou Aristóteles, Epicuro mordeu Sócrates, Zenon esmurrou Pitágoras e logo começou uma gigantesca luta, com todos os atletas agredindo-se mutuamente.

Definitivamente, o futebol não é o esporte da razão.

Gancho, o goleiro, tinha esse nome por um motivo justo: em vez de mão, na ponta do braço direito possuía um gancho. Por causa disso ele jamais largava uma bola, pois elas sempre ficavam presas ao seu agudo espeto. O problema é que Gancho dava muito prejuízo ao seu clube, o Nova Iorque do Maranhão, e assim acabou sendo despedido. Para não se afastar totalmente do futebol, ele tentou ainda ser roupeiro, mas rasgava os uniformes, e massagista, mas rasgava os jogadores. Numa última tentativa foi ser juiz. Mas morreu em sua partida de estreia, quando, ao tentar puxar um cartão com a mão errada, o vermelho de seu sangue misturou-se ao do cartão.

Com unhas e dentes

O ato de roer as unhas é tão inevitável numa partida decisiva quanto o nervosismo, a angústia e a tensão. Mas isso precisa ser necessariamente um sofrimento? Já que teremos mesmo que mastigar as preciosas extremidades de nossos dígitos, por que não fazer disso um prazer?

"Como?", você pergunta.

"Temperando-as", respondo eu.

Esqueçam os preconceitos por um momento e analisem a proposta com isenção: já que se vai roer unhas, por que não preparar antes alguns molhos e mergulhá-las neles?

Antes que me chamem de desasseado, aviso que isso deve ser feito com estilo e método. Nada de enfiar o dedo no ketchup! Para orientar devidamente o torcedor, recorri a ninguém menos que o grande Paul Bocuse. Sempre gentil, o renomado chef francês forneceu-me preciosas dicas.

Para ele, a refeição ideal sempre deve começar por um bom couvert. Sua sugestão é um patê de azeitonas pretas feito à base de iogurte e maionese, temperado com alguma páprica. Você pode mergulhar seu dedão neste fino petisco e aí roer sua unha com gosto. Mas não exagere, lembre-se de que você ainda tem outras quatro fases pela frente.

Nessa refeição de pratos escolhidos a dedo, seu indicador corresponderá à entrada. A entrada, todos sabemos, destina-se a atiçar o apetite. Para isso recomenda-se um leve molho à base de alho e azeite. Use três colheres de azeite extrafino, uma folha de louro ligeiramente torcida para liberar o aroma, uma colher de chá de cardamomo, sementes de mostarda preta e uma colher de óleo essencial de alho. Deixe tudo descansando e, depois, mergulhe seu dedo nesse fino acepipe.

Finalmente chegamos ao prato principal, que será alcançado pelo dedo médio. Como aqui cabe um molho mais encorpado, recorreremos ao tradicional bechamel, feito com farinha de trigo, leite, manteiga, sal e uma pitada de pimenta-do-reino. Caso você tenha uma predileção especial por pimenta e queira colocar uma dose a mais, deixe a cerveja por perto.

A unha do dedo anular ficará com a sobremesa. Para contrastar com o pesado prato anterior, o ideal é embebê-la numa suave calda de chocolate, acentuada com gotas de xerez. Colocar um pedacinho de cereja em calda debaixo da unha pode dar um toque de elegância.

Logo depois do jogo, o arremate: mergulhe a unha do mindinho num *cappuccino* feito com duas partes de chocolate, uma de café solúvel, três de leite em pó, duas de açúcar refinado, uma de açúcar mascavo e uma pitada de bicarbonato de sódio para deixar o líquido mais espesso. Depois de uma refeição dessas, vitória ou derrota serão detalhes irrelevantes.

Enfim, eis o meu modesto conselho para a próxima decisão. Mas se você é um purista, daqueles que preferem roer unhas ao natural, fica aqui um último lembrete: antes do jogo começar, lave as mãos.

A paixão de Alaor

Alaor sempre teve sua vida ligada aos esportes. E para cada idade havia um objeto especial: aos oito anos foram os celuloides dos times de futebol de botão; depois, aos dez, os óculos da natação que o deixavam parecido com uma mosca; aos doze, ganhou uma raquete japonesa para jogar pingue-pongue; e, aos quinze, quando jogava futebol de salão, tinha um par de tênis vermelhos.

Hoje, com 45 anos e o dobro de quilos, o amuleto de Alaor, o espectador, é uma poltrona. Aliás, uma superpoltrona: revestida de couro preto, com encosto reclinável, apoio para os pés e suporte para copos.

Mas o melhor de tudo é que a poltrona já está tão velha que suas reentrâncias se adaptaram ao desenho do seu corpo.

Naquele domingo, casquinhas de pão ainda podiam ser vistas sobre sua camisa quando Alaor começou a apertar os botões do controle remoto em busca de emoções: geralmente era com a Fórmula-1 que se iniciava sua peregrinação pelos canais, mas naquele dia não havia corrida e ele teve que se contentar com a reprise de uma partida de vôlei feminino.

A partir daí as coisas começaram a melhorar: Alaor encontrou um jogo de futsal, uma semifinal de algum campeonato de futebol de praia e até uma partida de tênis, esporte que ele detestava, mas que, graças a Guga, aprendeu a amar. Jogavam um croata contra um tunisiano. Nessa hora, como em todos os domingos, sua mulher, Rosa, a bondosa, trouxe-lhe pipoca de micro-ondas acompanhada de refrigerante. Quando começou o jogo da terceira divisão do Campeonato Paulista, era com bolachas de chocolate recheadas de baunilha que ele se deliciava.

Enquanto Rosa terminava de limpar farelos espalhados pelo chão, Alaor revia gols do passado, uma partida de handebol infantil e um resumo do campeonato italiano. Depois só havia uma opção: um jogo de futebol americano em algum desses canais por assinatura, mas ele nunca conseguiu entender direito as regras daquele esporte. Irritado, decidiu fazer um pouco de exercício e caminhou até a cozinha, onde o almoço acabava de ser servido.

Rosa, a bondosa, tentou puxar conversa, mas, respondendo a um hábito antigo, Alaor ligou o radinho de pilha e ficou a ouvir entrevistas com craques aposentados, craques do presente, craques do futuro, cartolas, torcedores, celebridades decadentes e quem mais aparecesse para falar alguma coisa sobre o jogo da tarde.

De volta à poltrona, depois de passar por uma partida de tênis de mesa entre dois chineses de cabelos espetados e uma prova de atletismo, finalmente começava a transmissão da grande partida, ponto culminante da maratona dominical. Isso merecia ou não uma cerveja? Merecia. Alaor esticou o braço e retirou uma latinha do frigobar que mandou colocar dois palmos à direita da poltrona.

Rosa, a bondosa, perguntou baixinho se ele não queria visitar a sogra, ou ir a um shopping, uma feirinha de antiguidades... Alaor respondeu que adoraria, mas que a cerveja tinha lhe dado sono. Quando acordou, já corriam os primeiros minutos do jogo da tarde; aliás, um 0 a 0 monótono e truncado. Qualquer um teria desistido, mas Alaor, o espectador, não se importava de ver um jogo chato, desde que estivesse em sua poltrona e pudesse voltar a cochilar.

Finda a partida, ele esticou a mão esquerda, apanhou o telefone e pediu uma pizza. Precisava de energia para o resto da jornada.

Rosa, a bondosa, apareceu com a garrafa de refrigerante, o prato, o guardanapo e os talheres. Mas então, inesperadamente, ela se colocou à frente da tevê. Entre lágrimas e soluços, Rosa esperou que Alaor dissesse alguma coisa. E ele disse:

"Olha a frente!"

Frustrada, Rosa, a bondosa, atirou tudo ao chão e desabafou: "Você gosta mais de esporte do que de mim! Você gosta mais dessa poltrona do que de mim!" E saiu batendo a porta.

Perturbado, surpreso e boquiaberto, Alaor disse para si mesmo: "Meu Deus, o que estou fazendo? Eu amo essa mulher, ela é minha companheira e se dedicou à minha felicidade em cada minuto desses últimos 25 anos! Como posso ignorá-la, como posso trocá-la por alguns jogos que nem são do meu time?!”

Então ele se levantou, calçou os sapatos e só não saiu imediatamente atrás dela porque teve alguma dificuldade na hora de programar a gravação da mesa-redonda.

Heleno era um brigão. Brigava com os adversários, com o juiz, com a torcida e às vezes até com seus próprios companheiros. Porém, Heleno era o melhor jogador de Espumoso, e, assim, todos perdoavam seu gênio ruim. Todos menos Norminha. Ela disse que só namoraria com Heleno se ele melhorasse seus modos. Sanguíneo, mas apaixonado, Heleno aceitou a imposição da moça. Já no primeiro jogo apareceram mudanças: Heleno não fez uma falta, não deu um empurrão, não arranjou uma briga, não soltou um palavrão. Em compensação, não fez nem um gol. Não foram poucas as cartas anônimas que Heleno recebeu depois desse dia. Umas diziam que Norminha tinha mais amantes do que dedos, outras que era um homem travestido, outras ainda que era a encarnação do diabo. No dia em que ela partiu de Espumoso, difamada e cabisbaixa, Heleno derramou uma lágrima. E toda a cidade comemorou.

O novo Frankenstein

Era lua cheia. Os cães uivavam. Chovia torrencialmente e relâmpagos iluminavam o negrume da noite com tons azulados. Longe do centro da cidade, no seu úmido laboratório em São Miguel Paulista, o doutor Franklin Steinberg, Frank Stein para os íntimos, dava loucas gargalhadas e chegava ao fim de sua ousada experiência.

A ideia havia nascido anos antes, quando ele era médico da CBF e encarregado dos exames antidoping. Desde então o doutor Stein vinha guardando frascos e mais frascos de urina no freezer de sua casa, com o objetivo de conseguir reproduzir o DNA retirado da ureia dos jogadores. Seu plano era injetar o ácido desoxirribonucleico nas diferentes partes do corpo de um defunto para que este, depois de trazido de volta à vida, se tornasse o mais perfeito atacante de todos os tempos.

Naquela noite tudo se concluiria. Ele já sonhava com a fama, os gols, as vitórias e, principalmente, com os 20% que ganharia como empresário do superatleta.

Nos olhos do morto colocou o DNA de Pelé, para que tivesse visão aguçada e sempre atenta ao menor descuido dos zagueiros.

Nos braços deu uma injeção com a urina de Serginho Chulapa, para que eles ficassem grandes, longos e fortes, ideais para afastar os beques e abrir espaços na área.

Para os pulmões usou a coleta de Cafu, e no calcanhar inoculou a de Sócrates. Para a perna direita recorreu às águas de Nelinho e, para a esquerda, às de Rivelino. O atacante ideal dispararia chutes venenosos com as duas pernas.

Faltava, para arrematar a obra-prima, a escolha da matriz para o cérebro. Depois de muito ponderar, o cientista acabou optando pelo material de Zico, que ele considerava ter um misto de genialidade, senso profissional e inteligência tática. Antes de injetá-lo, porém, Frank foi ao banheiro, pois mexer naqueles vidros sempre estimulava sua bexiga.

Lá fora a chuva não parava. Como a prefeitura não tinha feito a limpeza de bueiros do seu bairro, aconteceu que a água subiu rapidamente.

Ao voltar, Frank Stein viu seus tubos de ensaio boiando. Só um, escondido numa prateleira mais alta, escapara. Antes que o laboratório ficasse alagado, o doutor injetou a substância do último frasco no cérebro do cadáver e ligou sua máquina ressuscitadora. Raios iluminaram o porão.

Então fez-se o milagre da vida e o monstro se levantou. Mas, em vez de mostrar-se agradecido ao seu criador, saiu correndo pela porta.

Frank Stein tentou encontrar seu pupilo por várias semanas, até que o achou numa delegacia. Estava preso por ter atropelado vinte pessoas, saído sem pagar de dez restaurantes e agredido vários policiais com pontapés e tapas. Só então o cientista se lembrou de verificar de qual frasco tirara o material para injetar no cérebro de sua criação.

Era o frasco de Edmundo.

Isael, lateral direito, conheceu Maria Elvira na Lapa – prostituída, com sífilis, dermite nos dedos, uma aliança empenhada e os dentes em petição de miséria. Isael tirou Maria Elvira da vida, instalou-a num sobrado no Estácio, pagou médico, dentista, manicure... Dava tudo quanto ela queria. Quando Maria Elvira se apanhou de boca bonita, arranjou logo um namorado. Isael não queria escândalo. Podia dar uma surra, um tiro, uma facada. Não fez nada disso: mudou de time e de cidade. Viveram três anos assim. Toda vez que Maria Elvira arranjava namorado, Isael mudava de time e de cidade. Os amantes moraram em Varre-sai, Quebra-freio, Salgadinho, Holanda (no Ceará), Vai-de-cães, Sombrio, Fundão, Troia (no Ceará), Passa e Fica, Paracambi, Espera Feliz, Califórnia (no Ceará), Quimami, Não-me-toque, outra vez em Varre-sai, Chuvisco, Tuntum... Por fim mudaram-se para Solidão, em Pernambuco, onde Isael, já quase privado de sentidos e de inteligência, planejava matar Maria Elvira com seis tiros, deixando-a em decúbito dorsal, vestida de organdi azul. Mas, dessa vez, ela tornou-se amante do presidente do clube, e Isael passou a ter os melhores salários de sua vida. É o

capitão do time e, quando se aposentar, já tem garantido o cargo de técnico vitalício do Solidão Esporte Clube. Hoje os dois estão muito bem e não há casal mais feliz do que Isael e Maria Elvira.

O primeiro jogo de Lucas

O meu nome é Lucas, eu tenho sete anos e o meu final de semana foi superlegal porque meu pai me levou a um estádio de futebol e eu nunca tinha ido num. Eu sempre pedia pra ele me levar, mas ele dizia que não podia, mas dessa vez eu falei pra ele que se ele não me levasse eu ia fazer alguma coisa feia, e aí ele disse que tudo bem, que eu não precisava inventar nada e eu achei isso superlegal, porque eu não gosto de fazer bagunça de propósito, só sem querer.

Eu queria ir porque quando eu jogo futebol na rua é superlegal. A gente faz gol, cai, briga, suja a roupa e leva bronca quando chega em casa.

O meu pai gosta de futebol mas a minha mãe, não. Ela já brigou um montão de vezes com ele por causa disso. Ela diz que ele só fica vendo jogo na tevê e não conserta as coisas de casa, e aí ele fala que domingo é dia de descanso e ela diz que só se for pra ele, porque pra ela não é.

Aí a gente foi pro estádio, que é uma coisa muito grande, com um monte de gente sentada numa escada gigante que não chega em nenhum lugar.

No meio tem um jardinzão, só que sem flor. Quando eu vi aquela grama toda, eu perguntei pro meu pai por que que eu não podia jogar no jardim de casa se ali todo mundo pisava na grama e ninguém brigava com eles. Mas ele não respondeu nada, só olhou pro céu e disse: “Dai-me paciência, Senhor.” Ele sempre fala isso pra mim. Às vezes fala pra minha mãe também, mas aí fala baixinho pra ela não escutar.

No estádio tem muita coisa para comer. Eu pedi pro meu pai comprar pipoca, amendoim, sorvete e guaraná. Se a minha mãe tivesse lá ela ia reclamar e mandar eu escovar os dentes. Mas o meu pai não. Ele é superlegal. Ele também não gosta de escovar os dentes.

Quando os jogadores chegaram no campo teve um montão de fogos, só que eu não entendi por quê, que o time nem tinha feito gol. Mas foi bacana assim mesmo. Aí o jogo começou e eu não estava entendendo direito e comecei a fazer um monte de perguntas pro meu pai. Ele não me respondeu e disse que eu falo demais e que ele fica cansado e que não consegue escutar tudo o que eu falo, mas aí eu disse que eu era assim mesmo e que ele era meu pai e então tinha que gostar de mim de qualquer jeito e que eu gosto de falar. Aí ele me comprou outro sorvete. Meu pai é superlegal.

Depois que o jogo começou ele não parava de roer a unha e de falar coisa feia que eu não posso falar. Tem dia que eu não entendo o meu pai. Aí quando o time que não é o time do meu pai fez um gol, todo mundo xingou o juiz. Eu não quero ser juiz. Eu gosto da minha mãe.

No final, o time do meu pai perdeu. Ele disse que nunca mais ia ver um jogo, porque aquele time só tinha perna de pau e que só dava tristeza para ele, e assim não tem quem aguente. Mas então eu falei que tinha gostado do jogo e que queria uma camisa do time do meu pai. Aí ele me deu um abraço, ficou com o olho molhado e disse que na semana que vem a gente ia ver outro jogo e que eu ia com a camisa do time, porque aquele é o melhor time do mundo e que vai ganhar o próximo campeonato. Tem dia que eu não entendo o meu pai. Mas ele é superlegal.

Meu filho, meu tesouro

Ter ou não ter filhos é uma das grandes decisões da vida moderna. Antes de jogar fora o diafragma ou transformar camisinhas em balões de aniversário, há que levar em consideração o momento político, o nível de criminalidade e o preço das fraldas descartáveis. Trazer uma criança a um mundo onde há fome, ódios raciais, guerras e o videoquê pode não ser uma boa ideia.

Mas esses são só os problemas relacionados ao nascimento. Depois vêm as dúvidas sobre como educar a criança, em que escola pôr, dar ou não dar mesada e, a maior de todas as questões: deve-se ou não influir na escolha do seu time?

Há, claro, os genitores politicamente corretos que deixam a escolha por conta dos pimpolhos. Mas isso pode trazer problemas. Conheci um pai corintiano que perdia cabelos toda vez que entrava no quarto do filho: aquelas paredes verdes, aquele pôster do Evair e, principalmente, aqueles porquinhos espalhados pela casa pareciam existir só para provocá-lo. Envergonhado, ele não recebia amigos e tinha que se conformar em ouvir o hino palmeirense toda vez que seu maior inimigo marcava um gol.

Porém, a vida dá voltas e a vingança é um prato que se come frio. Quando nasceu o filho do filho, o avô conseguiu transformá-lo num fiel corintiano (com perdão do pleonasmo). Hoje, a primeira e a terceira gerações desta história estão unidas contra a segunda. Que, por sua vez, mal vê a hora de nascer a quarta.

Enfim, pais que não querem se deparar com inimigos sob seu próprio teto devem adotar um rigoroso plano de ação. Para ajudá-los nessa empreitada, desenvolvi um projeto educacional para ser posto em prática nos cinco primeiros anos de vida, pois de pequeno é que se torce o pepino, ou, no caso, que se torce o torcedor. Ei-lo:

a) Um ano: A criança só deve usar fraldas com o escudo do time adversário.

b) Dois anos: Dê-lhe apenas chupetas nas cores do seu clube.

c) Três anos: Ao invés das antiquadas cantigas de ninar, adormeça-a sempre cantando o hino da sua equipe.

d) Quatro anos: Espalhe que os dirigentes do time adversário querem acabar com os desenhos animados.

e) Cinco anos: Comece a levar seu filho aos estádios e a dar-lhe um sorvete a cada gol do seu time. No caso de gol do time adversário, faça-o comer espinafre. Na pior das hipóteses, ele ficará saudável.

Jumento, do União de Coxixola, era um centroavante que possuía uma patada tão possante que seu clube nem usava mais rede atrás das traves, tantas as que ele já havia estragado. Jumento abandonou o futebol depois de cobrar um pênalti numa partida contra o Internacional de Uauá, time cujo goleiro era seu irmão Macaco. Era apenas um amistoso, mas nenhum dos dois queria perder. Jumento cobrou a penalidade com força e Macaco pulou no canto certo, encaixando a bola contra o coração. O disparo, porém, foi tão forte que Macaco acabou sendo empurrado para dentro do gol com o peito esmigalhado. Jumento foi absolvido pela justiça e aclamado pelos torcedores, mas até hoje pode ser visto na pracinha de Coxixola, cabisbaixo e triste, lamentando o talento, ou a maldição, que a natureza lhe deu.

Um apócrifo

No ano 325, no Concílio de Niceia, foram escolhidos os volumes que compõem o Novo Testamento. Foram colocados no chão 96 livros e quatro deles flutuaram até a estante, onde se colocaram lado a lado. Esses quatro são os evangelhos tradicionais – Mateus, Marcos, Lucas e João –, que podemos ler em qualquer Bíblia decente.

Já os 92 livros que foram banidos ficaram por um tempo ali no chão. Só mais tarde é que alguém se lembrou de recolhê-los e dar-lhes um nome: apócrifos. Nesses apócrifos estão relatadas outras versões da vida de Cristo, com passagens ausentes dos quatro evangelhos tradicionais.

Pois bem, um dos apócrifos menos conhecidos é o Evangelho de Tonhão – derivado do nome aramaico de seu autor, Toh Ignal. Nele, a história dos reis magos é contada de modo diferente. Para o crescimento da cultura desportivo-religiosa dos meus três leitores, transcrevo aqui um excerto do texto:

E foi que indo em direção a Belém, onde iriam enfrentar a forte seleção da Judeia, Baltazar, Belchior e Gaspar viram uma grande luz sobre uma cabana.

"Vai ver é a iluminação do estádio", disse Belchior.

"O placar luminoso deles deve ser enorme!", falou Baltazar.

"Pelo menos umas mil velas!", exagerou Gaspar.

Eles foram até a tal luz e, para sua surpresa, o que havia era uma grande estrela sobre uma pequena estrebaria. Ali os três viram um bebê recém-nascido deitado numa manjedoura. Enternecidos, decidiram entregar àquela criança os presentes que dariam ao capitão da seleção da Judeia. Baltazar deu-lhe um pote de ouro; Belchior, incenso; e Gaspar depositou ao pé da criança um vidro com mirra, o melhor creme daquele tempo para combater pé de atleta.

Então a criança, nua como a pureza, fez um jato de xixi. Gotas da santa urina caíram na mão direita de Gaspar, no pé esquerdo de Belchior e na cabeça de Baltazar. Eles riram muito e partiram para o jogo.

Foi uma partida difícil e nervosa. Tudo levava a crer que terminaria em empate quando, no último minuto, o juiz egípcio inventou um pênalti para a seleção da Judeia. Caifás, o centro-avante adversário, preparou-se para cobrar. Ele nunca havia perdido um pênalti em sua carreira e seu chute era capaz de matar leões. Ele tomou distância, correu e disparou. A torcida já se preparava para comemorar quando Gaspar, o goleiro, saltou e conseguiu defender com a mão direita. A bola foi parar no meio de campo, exatamente nos pés de Belchior. Ele avançou até a grande área e lá, cercado por três zagueiros, fez um cruzamento com o pé esquerdo. A bola, como que guiada por mãos divinas, caiu justamente na cabeça de Baltazar, que suavemente a tocou para as redes.

Nesse instante as nuvens se abriram e uma voz gritou: "Goool!"

O juiz apitou o fim do jogo e Baltazar, Gaspar e Belchior foram receber a taça das mãos de Herodes. Este lhes perguntou como haviam vencido o jogo, e os três jogadores, chamados dali em diante de reis magos, contaram da estrela, da criança, dos presentes e da santa urina.

Herodes, com medo de perder outros jogos, mandou matar todas as crianças da região.

Mas o menino escapou e o resto da história todo mundo sabe.

Kristo, jogador de Galileia, Minas Gerais, recebeu esse nome porque sua mãe era muito religiosa. A devoção passou para o filho, e Kristo fez primeira comunhão, foi coroinha e só não acabou padre por causa de seu divino talento como meia-direita. Kristo fazia lançamentos milagrosos e os gols se multiplicavam aos seus pés. Porém, no dia da final do campeonato, logo ao entrar em campo viu que o goleiro adversário tinha cândidos olhos azuis e uma barba idêntica à do Filho

do Homem. Durante o jogo, Kristo não conseguiu se concentrar. Seus passes saíam tortos e, nas vezes em que esteve cara a cara com o goleiro, chutou para longe, como se quisesse perder o gol. Chegou até mesmo a desperdiçar um pênalti, talvez por ver o goleiro de braços abertos no meio do gol, igualzinho ao Crucificado. No fim, seu time perdeu por 1 a 0, gol contra de Kristo. Todos em Galileia acham que ele se vendeu ao outro time e o chamam de traidor, infiel e, para seu desespero, de Judas.

Histórias de torcedores

Claudinei é batedor de carteiras. Ou, sendo mais específico, é um batedor de carteiras flamenguista. Por isso, o que ele mais gosta de fazer é trabalhar no Maracanã em dias de jogos do seu time. Na final entre Flamengo e Vasco, em 78, Claudinei surrupiou uma carteira bem recheada. E ainda por cima ela tinha o símbolo do Flamengo. Parecia ser seu dia de sorte. Mas no campo as coisas não iam tão bem. Vasco e Flamengo empatavam em 0 a 0. Foi então que Claudinei fez uma promessa: se o Flamengo fosse campeão, ele daria a carteira que tinha acabado de roubar para um mendigo. Quando o juiz apitou o fim do jogo e ele viu que o Flamengo levantava a taça, saiu correndo para a rua e deu a carteira ao primeiro mendigo que encontrou. Era um profissional dedicado, mas seu amor pelo time era maior.

Alexandre Magno é mendigo. Um mendigo flamenguista. Para aquela final ele não conseguiu juntar dinheiro para comprar uma entrada. Como também não tinha radinho, foi para a porta do estádio e ficou vendo o jogo pelos gritos da torcida. Quando escutava um "uuuu" sabia que o Flamengo quase tinha feito um gol, quando ouvia um "veado" sabia que o juiz tinha roubado para o Vasco. Então, quando viu a torcida gritar feito doida, percebeu que o Flamengo era campeão. Ficou pulando sozinho do lado de fora do Maracanã e pensou que nada melhor podia acontecer naquele dia. Mas as felicidades costumam andar aos pares. Quando os torcedores estavam saindo, um deles deu-lhe como esmola uma carteira preta recheada de dinheiro e com o símbolo do Flamengo. Naquela noite, Alexandre Magno disse que a cerveja era por sua conta.

Na sexta-feira, Edgar tinha recebido seu salário. Não era grande coisa, mas ele decidiu que ia pagar bebida para todo mundo se o Flamengo fosse campeão. Pôs todo o dinheiro na sua carteira preta com o símbolo do Flamengo e foi para o Maracanã. Mas no intervalo, quando ia comprar um saquinho de amendoim, percebeu que um punguista tinha levado tudo: seus documentos, seu dinheiro e sua carteira preta com símbolo do Flamengo. Não teve muito tempo para se lamentar porque o jogo recomeçou e ele não podia perder nenhum lance. Quando a partida acabou e ele percebeu que agora era um campeão, nem lembrou do dinheiro e foi para a festa. Por sorte, um maltrapilho pagou tudo para Edgar, que encheu a cara até cair de felicidade. Acordou com uma gigantesca dor de cabeça, mas acreditando no mundo, nos homens e na justiça divina. Pelo menos para quem é Flamengo.

Lelê foi o inventor do lelê, a arte de dominar a bola de futebol de modo que ela não caia no chão. Na última partida do campeonato municipal de Glorinha, Rio Grande do Sul, seu time seria campeão com um simples empate. Mal foi dada a saída e Lelê começou a fazer lelês. Foi assim todo o primeiro tempo e não foi diferente no segundo, de modo que acabou por levar a taça. Quase todos os torcedores o têm como um gênio da astúcia, apenas uns poucos, eternamente insatisfeitos e provavelmente do partido de oposição, o tomam por covarde.

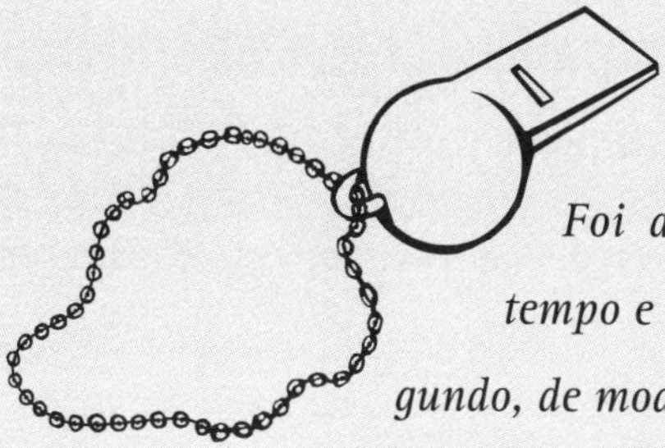

Diálogo dos tempos

1950:

– A bênção, papai.

– Deus te abençoe, Maria do Carmo.

– Papai, eu queria falar uma coisa com o senhor...

– Pode falar, minha filha.

– É que... o Leleco me pediu em namoro.

– Leleco?

– O nome dele é Leonardo da Silva.

– Onde vocês se conheceram?

– Num baile de debutantes.

– E o que faz esse Leonardo? Ele é engenheiro, médico ou advogado?

– Centroavante.

– Centroavante? Isso é galhofa, não é, Maria do Carmo?

– Não, papai.

– Era só o que faltava, minha filha com um centroavante! É para isso que eu paguei seu curso de magistério?

– Mas papai...

– Nem mais, nem menos! Essa gente do futebol é muito irresponsável! E, depois, se ele te abandona? Você quer virar uma desquitada?

– Mas papai...

– Não, não e não, Maria do Carmo! Filha minha não casa com jogador de futebol.

– Mas...

– Centroavante, ora, sim! O que vai ser da próxima vez, um sambista?

2000:

– Oi, paps.

– Oi, Tainá.

– Paps, fui pedida em casamento.

– Sério!?

– Juro, e desta vez por um homem.

– Quem diria...

– Ele se chama Leleco. Leleco da Silva.

– Onde vocês se conheceram?

– No baile funk.

– E o que ele faz? É publicitário, banqueiro ou economista?

– É centroavante.

– Centroavante? Que maravilha, Tainá! Valeu a pena todo aquele dinheiro que você gastou com tintura de cabelo. Quando vai ser o casamento?

– Xi, paps, era sobre isso que eu queria falar. Não sei se aceito. Jogador de futebol é meio, sei lá, irresponsável... Vai que não dá certo?

– Aí você pede o divórcio e ganha uma pensão para o resto da vida.

– Mas paps...

– Não, não e não, Tainá. Filha minha não perde uma chance dessas. Já chega aquele pagodeiro que você esnobou.

Matusalém foi o jogador mais velho que já atuou num time de futebol. Por quase meio século ele jogou no Boa Hora Esporte Clube, do Piauí. Aos 20 anos era um lépido ponta-direita, aos 30 transformou-se num eficiente centroavante, aos 40 fez-se um seguro meia, aos 50 era um bom médio-volante e aos 60 começou

a jogar na quarta zaga, onde usava uma bengala para apoiar-se melhor. Matusalém dizia que só morto sairia do campo de futebol. Mas nem assim. Depois que foi para o outro lado do mistério (vítima de um fulminante enfarte sofrido na marca do pênalti), foi cremado e suas cinzas espalhadas pelo gramado do Boa Hora.

Das duas, uma

Amanhã, domingo, das duas, uma: ou você assiste a um jogo ou a um filme qualquer.

Se você vê o filme, tudo bem. Mas se vê o jogo, das duas, uma: ou você torce para um dos times ou fica indiferente.

Se você fica indiferente, tudo bem. Mas se torce, das duas, uma: ou você pega uma almofada para socar ou rói as unhas.

Se você rói as unhas, tudo bem. Mas se você pega uma almofada para socar, das duas, uma: ou é uma almofada comum, vagabunda, ou é uma almofada de estimação, daquelas pacientemente bordadas por sua sogra dois dias antes de morrer.

Se é uma almofada comum, tudo bem. Mas se é uma almofada especial, das duas, uma: ou você tenta consertá-la no intervalo ou conta para sua mulher que transformou em farrapo aquela lembrança especial.

Se você tem habilidades de crochê e conserta o estrago, tudo bem. Mas se você vai contar tudo para sua mulher, das duas, uma: ou ela é muito mansa ou é uma fera.

Se sua mulher é mansa, tudo bem. Mas se ela for uma fera, das duas, uma: ou você engole em seco todos os xingamentos que vai ouvir ou parte de uma vez para a ignorância.

Se você engole em seco, tudo bem. Mas se parte para a ignorância, das duas, uma: ou você bate ou você apanha.

Se você apanha, tudo bem. Mas se você bate, das duas, uma: ou ela foge e nunca mais volta ou ela chama a polícia.

Se ela foge, tudo bem. Mas se chama a polícia, das duas, uma: ou eles aceitam suborno ou te levam para a delegacia.

Se eles aceitam suborno, tudo bem. Mas se te levam para a delegacia, das duas, uma: ou você vai para uma cela individual ou para uma coletiva.

Se você vai para a solitária, tudo bem. Mas se te põem numa coletiva, das duas, uma: ou os companheiros de cela te ignoram ou resolvem lhe dar uma surra para você aprender que não deve bater em mulher nem com uma flor, ainda mais com um controle remoto.

Se eles te ignoram, tudo bem. Mas se eles te acertam, das duas, uma: ou você morre ou vai para um hospital público.

Se você morre, tudo bem. Mas se vai para um hospital público, das duas, uma: ou você é operado por engano e trocam o seu sexo ou fica largado no corredor sem ser atendido.

Se trocarem o seu sexo e você tiver que mudar o nome para Maricleide, tudo bem. Se te largarem no corredor, das duas, uma: ou tem uma televisão ali por perto, ou não.

Se não houver, tudo bem. Se houver, das duas, uma: ou você assiste a um jogo ou a um filme qualquer.

Dessa vez, assista ao filme.

P.S.: Quando se tem uma crônica para escrever, das duas, uma: ou você tem uma ideia ou copia a ideia de alguém. Se você tem a tal ideia, tudo bem. Mas se copia, das duas, uma: ou você dá uma de espertinho e diz que ela foi sua ou cita a fonte inspiradora. Se você resolve dar uma de espertinho, tudo bem. Se resolve dizer o nome do plagiado, das duas, uma: ou diz que é o Aparício Torelli ou diz que é o Barão de Itararé, que os dois são um.

Ninho de Rato tinha a maior cabeleira de toda Coité do Noia. Era um cabelo alto e duro, sempre emaranhado e jamais penteado. Não era algo bonito de se ver, mas graças a esse cabelo é que ele fez o gol da vitória do campeonato municipal de 55. Num lance no meio de campo, a bola sobrou no alto e Ninho de Rato tentou dar-lhe uma cabeçada. Ela, porém, ao invés de bater na cabeça do jogador e ir para

longe, ficou presa em sua intrincada vegetação capilar. Então, para espanto de todos, Ninho de Rato começou a correr em direção ao gol contrário e avançou meta adentro, sem que ninguém pudesse impedi-lo. O juiz, depois de consultar o livro de regras, decidiu validar o lance. E até hoje, quando passa a mão por sua calva cabeça, Ninho de Rato lembra-se do mais belo gol de sua carreira.

Novas respostas, velhas perguntas

Certa vez alguém perguntou a um zagueiro central por que os jogadores falavam sempre as mesmas coisas. Sua resposta teve a sutileza de um carrinho: "Damos sempre as mesmas respostas porque vocês, jornalistas, sempre fazem as mesmas perguntas."

De fato, a relação entre perguntantes e perguntados não é uma das coisas mais criativas do futebol. Mas tal situação pode ser modificada caso os respondentes usem um tanto de franqueza e ironia. Por exemplo:

1) Logo no começo de uma partida, o repórter pergunta para o craque: "E aí, preparado para o jogo de hoje?" Nesse caso, podem-se usar as seguintes respostas:

a) Não, eu treino todos os dias, fico concentrado na sexta e no sábado e jogo no domingo só para não ver a minha sogra.

b) Não, eu me visto assim todo dia. Gosto de camisas coloridas e usar chuteira em vez de sapatos.

c) Jogo? Que jogo?

2) Quando um jogador volta após uma contusão, é inevitável que ouçamos: "E aí, você está recuperado?" Algumas respostas possíveis são:

a) Não, não estou. Vim jogar só para agravar o problema e poder ficar mais tempo recebendo pelo INSS.

b) Não, é que eu tenho uma relação sadomasoquista com os zagueiros...

c) Não, mas o professor já providenciou um par de muletas. Inclusive colocou uma chuteira em cada uma e assim eu vou ter mais chance de chutar a gol.

3) Outra pergunta infalível acontece durante o intervalo quando o time do entrevistado está perdendo. Nesse caso, o plumitivo pergunta: "E aí, vocês vão tentar virar o jogo no segundo tempo?"

a) Não, o jogo já está perdido mesmo e nós ficaremos jogando biriba no vestiário.

b) Não, vamos perder de propósito, pois a torcida do outro time é maior e assim faremos mais gente feliz.

c) Para que buscar a vitória se a vida é algo sem sentido e todos acabaremos vencidos pelo tempo e pela morte?

4) O pior é que, depois de perder a partida, quando o jogador, cabisbaixo, vai saindo de campo, ainda tem de responder à pergunta: "E aí, o que você achou dessa derrota?"

a) Perdemos o jogo, mas ganhamos experiência de vida, o que vale muito mais do que os três pontos.

b) Dialeticamente falando, não há vitória sem derrota. Logo, se nós perdemos, fomos também responsáveis pela vitória, o que faz com que ela seja um pouco nossa.

c) Foi mais uma prova de que o nosso time é um lixo, de que o nosso técnico é uma besta e de que eu deveria ter feito aquele concurso do Banco do Brasil.

Em suma, sempre se pode dar uma indireta no queixo dos perguntadores, mostrando a eles que há perguntas que não precisam ser feitas. Não é?

Onésimo, o goleiro do Recreativo, ficou conhecido por fazer defesas impossíveis, milagrosas, e assim era o maior orgulho do time. Porém, Selminha, sua namorada, torcia pelo Esportivo. Mais que torcia, era fanática pelo Esportivo. Por isso, ela vibrou como ninguém naquela final do campeonato da cidade, quando o Esportivo derrotou o Recreativo por 1 a 0, vitória conquistada graças a um frango humilhante sofrido por Onésimo. Envergonhado, ele pendurou as luvas e abandonou o futebol. Em compensação, Selminha aceitou prontamente seu pedido de casamento. E até hoje ninguém sabe se Onésimo falhou de propósito ou não. Talvez nem ele.

A Divina comédia

O leitor certamente já ouviu falar em Dante. Não, não aquele meia que jogou na Ferroviária na década de 50. Falo de Dante Alighieri (1265-1321), o autor de *Divina comédia*, livro que descreve o inferno, o purgatório e o paraíso.

Pois bem, há alguns dias, antes de dormir, li a *Divina comédia*, comi uma feijoada e passei os olhos pelas páginas esportivas. Tal combinação resultou num sonho em que andei pelos nove círculos do inferno. Mas não um inferno comum e sim um inferno futebolístico, no qual em cada círculo havia um tipo de pecador e uma punição diferente. Aliás, nesse inferno não havia círculos, havia campos de futebol.

No primeiro estavam os jogadores covardes, aqueles que não têm coragem de dividir uma bola. O seu castigo era serem aguilhoados eternamente por marimbondos e muriçocas.

No segundo estavam os fominhas, os que sempre tentam partir para cima dos zagueiros e acabam desperdiçando o lance. Esses eram fustigados por um vento constante e inclemente, e jamais conseguiam encostar na bola.

No terceiro encontrei os fazedores de cera, os que inventam contusões e ficam atrasando as partidas. O castigo desses era machucarem-se de verdade a todo instante, sentindo dores tão terríveis quanto as que simulavam.

No quarto campo ficavam os armandinhos. Eles eram forçados a jogar uma partida interminável, sem intervalo nem nada, só tocando a bola de lado, um para o outro, o outro para o um. Um jogo infindável e estéril, no qual jamais havia um drible ou um chute a gol.

No quinto deparei-me com os que deram carrinhos por trás. Esses tinham que jogar num campo de gelo, de modo que nunca conseguiam ficar em pé. E, se um pensasse em ficar deitado, Lúcifer, juiz daquela partida, espetava-o com um tridente.

No sexto ficavam os árbitros venais, aqueles que inventavam pênaltis e não marcavam impedimentos claros. Foram colocados no círculo central, cercados por cem diabretes, cada um com um apito, e estes sopravam na orelha daqueles por toda a eternidade.

No sétimo campo vi os torcedores que brigam em estádios e praticam vandalismo. Sua pena era ficarem algemados às arquibancadas vendo o treino de seu maior inimigo até o fim dos tempos.

O oitavo era a morada dos empresários desonestos. Mas esses não jogavam. Seu castigo foi serem transformados em grama e passar a eternidade sendo pisados.

Pior era o nono e último campo, destinado aos dirigentes corruptos. Esses perderam seus corpos e suas cabeças eram usadas como bolas de futebol.

Dali subi ao paraíso, ou melhor, a um grande e confortável estádio.

Na beira do gramado, aquecia-se o seguinte time: Yashin, Carlos Alberto, Figueroa, Bobby Moore e Nilton Santos; Beckenbauer e Cruyff; Garrincha, Maradona e Pelé. Estava chegando quando o técnico do time, Telê Santana, me atirou a camisa onze e falou: "Você se importa de completar nosso time? O Rivelino está atrasado."

E enquanto eu vestia minha camisa, pensei com alegria e alívio: "Os cabeças de bagre também merecem o paraíso."

Pavão foi o mais refinado avante que já surgiu nas terras entre Piancó e Itaporanga. Ele dava dribles humilhantes e ria com prazer de cada adversário que deixava no chão. Mais que ria, gargalhava. Até que um dia seu corpo foi achado na linha do trem. E sem as pernas. Suspeita-se seriamente de uma quadrilha de zagueiros vingativos.

Domingo nas nuvens

O céu estava abarrotado de duendes, elfos, fadas, leprechauns, valquírias, nibelungos e mesmo espíritos malignos que se apertavam nas arquibancadas das nuvens, enquanto serafins voavam entre eles, oferecendo saquinhos de maná, ambrosia e néctar.

Jogavam uma seleção de deuses gregos e a equipe dos deuses do resto do mundo. Zeus era o destaque dos helênicos: ele desferia chutes potentes, verdadeiros raios, de modo que volta e meia se ouviam agudinhos "ohs!" de Hera, Afrodite, Juno e um monte de outras deusas que juravam ser, cada uma, sua única esposa.

Havia também Héracles, zagueiro parrudo e com cara de poucos amigos. Ares, um médio-volante irascivo, e Hades, um infernal meia. Foi ele, aliás, que iniciou o lance do primeiro gol: fez um lançamento preciso para Hermes, que entrou pela ponta tão rapidamente que parecia ter asas nos pés. Hermes cruzou para Poseidon, este mergulhou e, de peixinho, fez 1 a 0.

Mas o time adversário não era menos divino. Como já disse, era uma seleção formada pelo resto dos deuses. Lá estavam Krishna, o goleiro de muitas mãos; Osires, um beque tão elegante que jogava de braços cruzados, e Exu, lateral esquerdo que fazia faltas maldosas. No meio de campo, Odin e Thor mostravam entrosamento de pai e filho. Mas a grande estrela era Tupã, a quem a torcida chamava de Tupãzinho, atleta famoso por entrar durante as partidas e ajudar o time a reverter resultados negativos. Acreditem ou não, foi o que aconteceu.

Logo depois de ter entrado, Tupã cruzou para o centroavante Buda, que, de barriga, decretou o empate. Os gregos protestaram, alegando impedimento, mas Deus, Jeová, o Juiz Supremo, disse que, se era verdade que a barriga de Buda estava um metro adiante do último zagueiro, não era mentira que o centro de seu corpo encontrava-se na mesma linha.

A segunda etapa começou e relâmpagos podiam ser vistos saindo do estádio das nuvens. Ninguém queria perder a partida, pois os derrotados seriam chamados de semideuses e outros nomes feios. As jogadas eram duras, mas o placar não se movia: continuava no 1 a 1.

Faltava pouco para o final quando um sujeito acanhado entrou pelas portas do estádio, sentou-se num canto e começou a comer amendoim. Ficou ali observando o jogo de longe, tentando não chamar a atenção. Porém, Deus, que tudo vê, logo percebeu de quem se tratava e parou de apitar. Em segundos a multidão murmurava: "É ele! É ele!" Os jogadores, envergonhados, não conseguiam realizar nem os lances mais fáceis. Foi então que o Juiz Supremo e os dois capitães, Zeus e Thor, dirigiram-se humildemente até o sujeito:

“Senhor”, disse o Senhor, “os deuses estão embaraçados com sua presença. Gostaria de perguntar, em nome de todos, se o senhor se dignaria a descer até o campo e jogar um pouco para cada lado. Seria uma grande honra”.

O homem disse que não, mas o estádio inteiro começou a gritar: “Entra! Entra!” E ele, sem jeito, entrou. Entrou e controlou a bola com maestria, deu dribles inesquecíveis e fez com que, naqueles 20 minutos, o céu ficasse em silêncio, como que hipnotizado pela grandeza da sua arte. Foi assim a estreia no céu de Domingos da Guia, o Divino.

Quaquá era um ponta-esquerda razoável e um palhaço excelente. Criado no circo, aprendeu todos os segredos da profissão. Como não era muito habilidoso, cada vez que pegava na bola contava uma curta piada para o zagueiro adversário e, enquanto esse ficava rindo, Quaquá avançava e fazia cruzamentos e gols. Sua carreira acabou no dia em que, desavisado, contou uma piada de português para o violento zagueiro Bacalhau.

O duelo das peladas

Uma das grandes questões nacionais, debatida por psicólogos, sociólogos e antropólogos, é descobrir o que o homem brasileiro mais venera: a mulher ou o futebol.

Estes dois temas disputam o coração do brasileiro desde a chegada de Cabral, ou, pelo menos, desde o desembarque de Charles Miller. Mas qual dos dois é o preferido? Para chegar ao desempate, elegi alguns quesitos e consultei seríssimos dados científicos. Passemos a eles.

Tempo: Esse é um dos itens mais importantes para que se avalie o valor dado a alguma coisa. No caso do desporto sexual, segundo estudos realizados pelo Departamento de Sexologia do MIT (Madureza Integrada do Tremembé), o homem brasileiro despende em média 18,2 minutos por cópula, incluindo as preliminares. Não é muito, principalmente se pensarmos que para assistir a uma partida de futebol gasta-se, no mínimo, 90 minutos. E sem contar a preliminar.

Frequência: Aqui o futebol também leva vantagem. Segundo a equipe de sexólogos supracitada, o brasileiro copula em média 1,8 vez por semana. Já segundo a CBF, cada homem neste país assiste em média a 3,2 jogos de futebol no mesmo período, descontando-se aí os programas esportivos do rádio e jogos dos campeonatos estrangeiros.

Índices de audiência: Neste país, onde a televisão é a principal forma de lazer, os índices de audiência são o meio mais eficaz para se saber o que o brasileiro gosta ou não. Comparemos, então, os índices de audiência de um filme de sexo com os de um jogo da seleção. De acordo com os institutos de pesquisa, um pornô com boa seleção de mulheres peladas, como, por exemplo, *Orelha profunda*, é assistido por cerca de 230 mil pessoas. Já uma pelada da seleção é vista por mais ou menos 23 milhões de brasileiros, aproximadamente cem vezes mais do que a obra erótica.

Assunto: Outra forma de julgamento é verificar a popularidade do tema nas conversas. Estudos apontam que os homens falam sobre suas esposas cerca de cinco minutos por semana. E nem sempre bem. Já o tempo dedicado aos resultados dos jogos, aos lances polêmicos, aos comentários gerais e às mudanças na tábua de pontuação chega aos 168 minutos. Uma goleada.

Enfim, os cultuadores do mito da virilidade nacional podem até protestar, mas a conclusão a que chegamos através de todos estes números é que entre mulheres peladas e uma pelada de homens, o brasileiro não hesita em ficar com a segunda.

Rui, alcunhado o ruim, foi um grande médio-volante. Ele não hesitava em dar carrinhos, em cuspir nos olhos dos adversários, em dar-lhes cotoveladas nos dentes, cabeçadas nos narizes e joelhadas em outros lugares. Rui era considerado o jogador mais desleal que já pisou nos gramados da cidade de Bofete, e havia mesmo quem dissesse que era filho de demônios. Porém, no final da vida, para surpresa geral, Rui, o ruim, criou uma igreja e virou pastor. Há quem diga que se arrependeu. Há quem diga que se aprimorou.

Ringo

Entre as várias definições para os Beatles, a que mais gosto é a que diz: "Foi um quarteto formado por três gênios e o homem mais sortudo do mundo." No caso, o afortunado seria Richard Starkey, ou Ringo Starr.

Sem ser bonito, genial ou charmoso, Ringo acabou por se transformar, às vésperas do estouro de "Love Me Do", em 1962, no quarto integrante do grupo. Entrou no lugar de Pete Best, hoje funcionário público e também conhecido como o homem mais azarado do mundo.

Ringo era prodigiosamente narigudo e não tinha boa voz, embora seu timbre anasalado casasse bem com canções do tipo "Yellow Submarine". Também era baixo, vestia-se de modo pouco elegante e nunca o consideraram grande baterista. Mas foi ficando... ficando... e, de elepê em elepê, chegou até o último do grupo, em 1970, deixando seu nome no panteão da música popular do século XX.

Estamos cansados de ouvir histórias de gente talentosa que não chega aonde merecia. Toda família tem um caso desses. Já o contrário é raro como uma pérola negra ou um político honesto: é o caso do sujeito abençoado pelos deuses, do cara que, apesar das próprias limitações, aparece na hora certa, no lugar certo e vai longe. São os ringos da vida.

O futebol não poderia deixar de ter esses tipos: jogadores apenas esforçados, mas que, com uma pequena ajuda da sorte e cercados de craques, acabaram participando das grandes conquistas, aparecendo nas grandes fotos da história.

Quem nunca ouviu falar do poderoso Cruzeiro de Piazza, Zé Carlos, Tostão, Dirceu Lopes, Raul e Natal? Pois nesse mesmo Cruzeiro jogava Pedro Paulo, um zagueirão que, não fosse pela ilustre companhia, poderia perfeitamente ter seguido carreira num Valeriodoce da vida. Mas ele tinha sorte e estava lá.

Qualquer palmeirense lembra, com saudades, de Leão, Luís Pereira, Dudu, Ademir da Guia e Leivinha. Já o bom marcador Zeca não foi tão marcante. E o Internacional de Rubens Minelli, bicampeão brasileiro? Ali fizeram história Manga, Figueroa, Falcão, Valdomiro e o lendário Dadá Maravilha. Mas ali também jogou o discreto Vacaria.

A própria seleção teve seus ringos. No maravilhoso time de 1970, por exemplo, em meio a pelés, tostões, gérsons e rivelinos, havia o imprevisível Félix, o bom rebatedor Brito e o apenas esforçado Everaldo.

Para os ringos, é como diz a música "With a Little Help from My Friends", aquela que foi tema da série *Anos Incríveis*:

I get by with a little help from my friends,
I get high with a little help from my friends,
I'm going to try with a little help from my friends.

O que, traduzindo assim, assim, dá em:

Eu vou levando com uma ajudinha dos meus amigos,
Eu vou bem alto com uma ajudinha dos meus amigos,
Eu vou tentar com uma ajudinha dos meus amigos.

Sem sombra de dúvida, Sombra foi o melhor jogador da cidade de Sombrio, Santa Catarina, na década de trinta. Essa era uma verdade clara e translúcida. Mas Sombra não era claro e translúcido. Era negro. Para entrar em campo, os dirigentes o obrigavam a cobrir-se com uma grossa camada de talco, maisena e outras substâncias embranquecedoras. Tudo ia bem e o time vinha ganhando todas as partidas, até que um dia os céus conspiraram. No meio do jogo desabou uma chuva inclemente. O talco, a maisena e as outras substâncias embranquecedoras escorreram pelo corpo de Sombra e pôde-se ver que ele era negro. Os dirigentes disseram que nada sabiam, que haviam sido enganados, que tinham sido traídos. Com os torcedores foi diferente. Na partida seguinte, vieram todos pintados de negro.

Um outro 50

Rio de Janeiro, 16 de julho de 1950. Duzentas mil pessoas lotam o maior estádio do mundo. O Brasil precisava só de um empate para ganhar sua primeira copa. Seu adversário? O Uruguai, um coadjuvante que chegara à final com uma campanha esforçada.

O problema é que o que parecia fácil foi ficando difícil. A celeste olímpica se defendeu bem, marcou duro e fechou espaços. E assim o primeiro tempo terminou num preocupante 0 a 0.

Recomeçado o jogo, o alívio: logo a dois minutos Zizinho lançou Friaça e este, batendo cruzado, estufou as redes. Por nove minutos o Maracanã viveu momentos de loucura; no décimo, Obdulio Varela lançou Ghiggia, que foi à linha de fundo e cruzou para Schiaffino: 1 a 1. Por todo o estádio ecoou um silêncio tumular.

Depois disso o jogo passou a ser disputado com muita garra e poucos lances de emoção. Os platinos faziam muitas faltas, reclamavam de todos os lances e, com isso, iam esfriando o ânimo brasileiro.

Quase no final do jogo, Ghiggia recebeu outro lançamento e avançou em direção ao gol. Próximo ao bico da pequena área, chutou. A bola veio rasteira, queimando a grama, em busca de um pequeno espaço entre o goleiro e a trave.

Cinquenta milhões de brasileiros ficaram com a respiração presa. Se a bola entrasse, as festas, já preparadas para o primeiro título mundial, teriam que ser canceladas. As mesas, postas nas ruas, seriam cobertas por lençóis. Caso aquela bola entrasse, Barbosa seria julgado o culpado pela derrota.

Mas, para alívio geral, Barbosa espalmou para fora.

Após a cobrança do escanteio, houve uma confusão na área, com a bola pulando de cabeça em cabeça até que Barbosa conseguiu agarrá-la. Quando ele se preparava para repô-la em jogo, viu que o arqueiro uruguaio estava na altura do círculo central. Ele deu então um longo chute que percorreu toda a extensão do campo e caiu mansamente nas redes inimigas: 2 a 1!

Daí para a frente, duzentas mil gargantas não pararam de gritar olé e, quando o juiz soprou o apito final, a nação explodiu de alegria. Famílias que ouviam a transmissão pelo rádio saíram às ruas, vizinhos se abraçaram, parentes brigados voltaram a se falar.

Sim, os brasileiros tinham a certeza de que eram um povo destinado às grandes conquistas. Aquela vitória ficou na memória de todos e o gol antológico só deixou de ser assunto meses depois, quando vieram as eleições presidenciais.

Esperto, o pleiteante Getúlio Dorneles Vargas resolveu convidar o herói do título para ser seu vice na chapa do PTB. A notícia caiu como bomba no meio político. O único modo de derrubar a dupla Vargas/Barbosa seria com uma bala. E bem que tentaram. Certa noite, na rua Toneleros, quando os dois saíam de um carro, uma bala atingiu o pé de Barbosa. A opinião pública ficou chocada. Carlos Lacerda, o líder da oposição, afirmou que não tinha nada a ver com o caso, mas poucos acreditaram.

O atentado deu ainda mais força à chapa e a eleição foi vencida com grande facilidade.

Meses depois, amargurado, Carlos Lacerda cometeu suicídio. Em sua carta-testamento disse que deixava a vida para entrar na história.

E em 1951, com a morte de Getúlio, que caiu de um pônei e quebrou o pescoço, Barbosa foi empossado como presidente do Brasil.

Tudo leva a crer que foi mesmo na cidade de França, Bahia, que jogou um centroavante de nome Tonelada. Tonelada não chegava a merecer o codinome, mas quase: pesava 142 quilos. A maior qualidade de Tonelada era o modo como protegia a bola. Por causa de seu ancho corpo, ninguém conseguia roubá-la e ele cansou de fazer gols pelo Nacional de França. Sua carreira terminou quando se casou com Josefina. Boa moça, mas reconhecidamente a pior cozinheira da cidade.

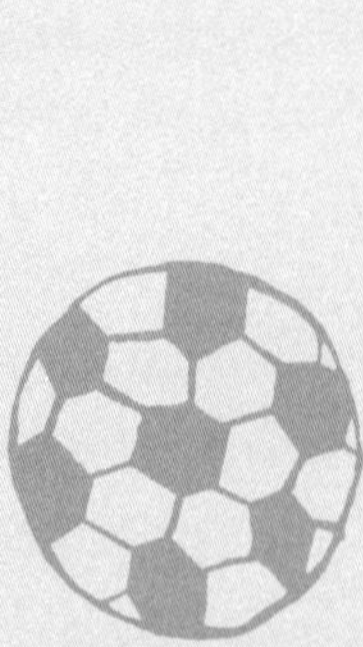

Nova versão da velha carta

Querida, finalmente chegamos a algum lugar. Já não aguentava mais o balanço do navio. Vomitei feito uma mulher pejada por toda a viagem. Ando pensando muito em ti e não vejo a hora de voltar para teus braços. E para tuas pernas. E para... bem, deixa-me contar o que aconteceu:

Finalmente aportamos numa ilha muito bela, batizada pelo capitão com o nome de Vera Cruz.

Então tomamos dum bote e fomos à terra. Fiz questão de ir junto para ver se comia algumas frutas e melhorava meu estado.

Quando demos à praia não vimos ninguém, mas, olhando ao longe, percebemos uma poeira que levantava e, pé ante pé, nos dirigimos até lá.

Qual não foi nosso espanto quando chegamos a um enorme terreno muito limpo, onde havia uma grama cerradinha e mais de vinte selvagens correndo pelo campo. Curiosamente, uma metade usava penas amarelas na cabeça e a outra, verdes. Num pequeno barranco havia dois grupos que gritavam. Uns, pintados de amarelo, bradavam a plenos pulmões: "Tupiniquins, tupiniquins!" Outros, tingidos de verde, berravam com todas as suas forças: "Tupinambás, tupinambás!"

Observando melhor, vi que os silvestres do campo não corriam à toa, mas sim atrás de um coco. Era de admirar a maestria com que controlavam tal peça, conseguindo passá-la de um pé a outro de tantas e várias formas que eu só podia crer no que via porque meus olhos não mentem como minha boca.

Em meio a tudo, havia um outro selvagem, inteiramente pintado de preto, que segurava um pássaro colorido. Toda vez que um dos silvícolas entrava rijo na disputa, o homem de negro apertava a pobre ave, que emitia um som agudo, e então todos paravam. Aí o coco era colocado no local da infração e logo tudo recomeçava.

Estávamos indo embora quando fomos descobertos pelos tupinambás. Pensei que fossem nos matar, mas, como estávamos com carapuças verdes, acho que nos tomaram por amigos. Depois, por meio de gestos, nos explicaram que aquilo era um ritual, uma espécie de batalha simulada que disputavam todos os anos. Dessa vez, o embate terminou empatado.

Os tupiniquins jogaram num 4-2-4 com Piquerobi; Paraguaçu, Taquaraí, Pindoba I e Peri; Guará e Guaramirim; Mogi, Jururu, M'Boi Guaçu e Pindoba II.

Os tupinambás, dos quais desde já sou torcedor, optaram por um 4-4-2 e foram a campo com Caoru; Itaquá, Cariri, Arabutan e Curumim; Tatá, Cucuia, Ipioca e Abaporu; Catinga e Camanducaia.

Foi esse, em verdade, o nosso primeiro encontro com os naturais da terra. Mas amanhã, quando for escrever uma carta ao rei, farei uma versão um pouco diferente.

Um beijo daquele que é teu em alma, mas preferia sê-lo em corpo, Pero Vaz de Caminha.

Carta ao presidente do Brasil F. C.

Senhor Presidente:

Sou um torcedor fanático do Brasil F. C. e quero lhe dar os parabéns neste dia seguinte à sua segunda eleição. É claro que ela só aconteceu porque uns conselheiros venderam seus votos e o senhor mudou os estatutos do clube para se reeleger. Ainda assim, parabéns pela eficiência.

O fato é que, pela segunda vez, foi-lhe concedida a honra de dirigir nosso clube. Entusiasmada com a estabilização do preço dos ingressos, a maioria da torcida perdoou a pouca atenção que, em seu primeiro mandato, foi dada a questões importantes.

Um dos pontos onde o senhor falhou feio foi na elaboração da folha de pagamento. Enquanto muitos que dão o sangue em campo ganham mal, outros, que nem comparecem aos treinos, recebem fortunas. É preciso valorizar mais quem sua a camisa.

Outra coisa, presidente: o senhor precisa melhorar a estrutura dos nossos meninos e meninas do dente de leite, infantil e juvenil. Vai ser impossível lutar por títulos no futuro se as categorias de base não tiverem uma boa alimentação, boas escolas e campo para treinar.

Sem querer parecer chato, a falta de respeito com os veteranos também preocupa. Aqueles que tantas alegrias nos deram no passado hoje encontram-se jogados por aí como... Como foi mesmo que o senhor disse? Ah, sim, vagabundos. Pois é, não parece justo.

Não é que eu queira me meter, mas acredito que desta vez o senhor também poderia escolher melhor os nomes da sua diretoria. Volta e meia aparece alguém envolvido em algum caso de corrupção. Não pega bem.

Também seria importante melhorar as condições físicas dos nossos atletas. E olhe que não é culpa dos profissionais de saúde do clube, pois eles recebem salários irrisórios e trabalharam em condições degradantes. Os remédios existentes no estoque são poucos e, às vezes, falsificados. Assim qualquer contusão tira um jogador do campeonato.

Mais uma coisa: a situação do nosso campo é lamentável. Ele está esburacado e é cada vez mais difícil fazer a bola rolar sem sobressaltos. Acho que o problema é que pouca gente cuida de um gramado muito grande. É preciso dividir o campo entre mais jardineiros.

E estamos vendendo nossos principais valores para o exterior a preço de banana e importando jogadores caros como caviar. Quem ganha com isso? Acho que não é o nosso time, pois estamos perdendo recursos diariamente e endividar-se numa época de juros elevados não é muito inteligente.

Enfim, senhor presidente, a estabilização dos preços dos ingressos agradou, mas ainda é pouco para o nosso Brasil F. C.; tanto que nem conseguimos mais encher estádios como antigamente, pois grande parte dos torcedores está sem dinheiro; muitos, até sem emprego. Entendemos que a culpa por essa situação não é só sua, afinal o clube vem sendo dirigido por cartolas incompetentes desde a sua fundação, há quinhentos anos.

Esperamos que o senhor ofereça melhores serviços aos associados e traga a torcida de volta às arquibancadas. Cansamos de ser um time de várzea.

Umberto, Um para os íntimos, era vários. Já na década de vinte jogava em qualquer posição, do gol à ponta-esquerda. Grande conquistador, Umberto percebeu que havia mulheres que se encantavam pela segurança dos arqueiros, outras que se apaixonavam pela habilidade dos meias e outras que suspiravam pela velocidade dos pontas. Para conquistar todas, aprendeu a jogar em todas as posições. Foi o primeiro polivalente da história do futebol.

Um aniversário divino

Recebi por esses dias um e-mail que me deixou intrigado. O remetente mandava que eu colocasse o texto em minha coluna, o que obviamente achei absurdo e prontamente decidi não fazer. Porém, quando olhei seu endereço (deus@ceu.com), julguei melhor ceder gentilmente meu espaço, que com certas coisas não se brinca:

Caro colunista. Ordeno que você publique esta carta na próxima terça-feira, dia 14 de abril. O motivo é muito simples: é o dia do aniversário do Meu time de coração, o Santos Futebol Clube.

Essa é a primeira vez que Me manifesto a esse respeito e espero não estar magoando torcedores de outros times, principalmente os do São Paulo, São José, Santo André ou – Meu filho que Me perdoe – do Santa Cruz.

Acontece que o Santos é uma síntese de santidades, e, assim, é lógico que seja o meu favorito. Além disso, seu uniforme é todo branco, e, como todos sabem, essa é a cor preferida por aqui.

O Santos foi fundado no mesmo dia em que o Titanic *afundou. Sei que esse naufrágio foi uma grande desgraça para vocês aí embaixo, mas eu os compensei com a criação de um time divino. É como se diz: quando Eu fecho uma porta, abro uma janela. Afundei um navio, mas criei o Peixe; acabei com o* Titanic, *mas inventei um time de titãs.*

São muitos anos de arte, vitórias e gols, desde os primeiros de Geraule, Arnaldo Silveira e Anacleto Ferramenta, passando pelo mortal cabeceador Ari Patuska, até chegar à inesquecível dupla, Araken e Feitiço, que nos deu o primeiro título em 1935, em cima do Corinthians, o inimigo que mais gostamos de vencer.

E como me esquecer de Odair, Antoninho, Formiga, Del Vecchio, Vasconcelos, Tite e Pagão, autores de jogadas divinas, dribles celestiais e gols tão lindos que às vezes até Eu duvido?

Mas o melhor de tudo foram os anos 60, com Gilmar, Mauro, Zito e o ataque que encantou o mundo: Dorval, Mengálvio, Coutinho, Pelé e Pepe. Eu do céu!, essa escalação é tão musical quanto um acorde de harpa!

Aliás, por que vocês acham que Pelé foi jogar no Santos? É que de vez em quando a gente tem que dar uma mãozinha.

Depois vieram Toninho Guerreiro, Carlos Alberto, Clodoaldo, Edu, Rodolfo Rodrigues, Pita, João Paulo, Serginho Chulapa (se bem que esse rapaz às vezes parecia seguir mais o Inimigo do que a Mim), Giovanni, Robert e tantos outros.

O Santos é um dilúvio de gols, um rosário de títulos e o melhor: um futebol sempre jogado de forma bonita e ofensiva.

Tudo bem que, de vez em quando, a fase fique mais com cara de purgatório do que de céu, mas se Eu quiser – e Eu quero! –, logo, logo as coisas vão entrar nos eixos. Confiem em Mim, não demora e o Santos vai ser campeão novamente.

Que Eu vos acompanhe, amém.

O Altíssimo.

Vinte e Dois tinha 22 dedos. Dez nos pés e seis em cada mão. Seus dois polegares extras fizeram com que ele fosse o maior goleiro da história de Fartura, no Espírito Santo. Vinte e Dois era seguro e volta e meia evitava um gol com as pontas dos dedos. Mas, homem de alma inquieta e coração incerto, Vinte e Dois cansou de ser goleiro e foi usar seu talento como padeiro, depois quiromante, então pedreiro, aí quiroprático e encerrou sua carreira profissional como o melhor lanceiro da praça Clóvis.

Os novos dez mandamentos

Cometi um erro. Sim, confesso, um grave erro. Desde que comecei a escrever para jornais já produzi uns quinhentos textos, todos direcionados a um só tipo de leitor: o torcedor. Foi um erro. Mais que um erro, uma injustiça, pois acabei por me esquecer de toda uma classe de profissionais que faz o futebol brasileiro ser a maravilha que é.

Mas repararei essa falta. Hoje, a coluna é dedicada a vós, dirigentes esportivos. Vós que sois esquecidos pela massa, vós que sois vilipendiados pela imprensa, vós que sois alvo de críticas despeitadas de parlamentares da oposição.

Como prova de arrependimento, deixo aqui dez pequenas orientações que pretendem tornar mais leve o desagradável fardo de depor numa delegacia ou numa comissão parlamentar de inquérito. Segui esses passos, queridos, e boa sorte.

Primeiro mandamento: Fingi indignação.

Se vos acusarem, respondei em alto e bom som: "Meu pai me ensinou que a coisa mais importante é a honestidade. E honestidade com O maiúsculo."

Segundo mandamento: Negai vossas culpas.

Mesmo que seja óbvio que sejais culpados, negai. Por exemplo, se um deputado vos perguntar: "É verdade que o senhor vendeu um jogador do seu clube para seu irmão por apenas um real?", respondereis: "É mentira. Eu nem tenho irmão. Aliás, nem pai, nem mãe. Eu fui largado na porta de um orfanato..."

Terceiro mandamento: Sede sócio de uma pessoa famosa.

É um truque infalível. Melhor ainda se a pessoa tiver fama de honesta, pois o bom nome dela vos emprestará respeitabilidade e a opinião pública pensará duas vezes antes de vos atirar uma pedra.

Quarto mandamento: Ponde a culpa nos inimigos.

Procurai sempre insistir em frases como: "Isso é intriga da oposição. Eles querem calar a minha voz! Admito que não declarei os dois apartamentos de Miami, mas as fitas gravadas são uma falsificação grosseira. Ainda mais aquele pedaço em que canto Babalu."

Quinto mandamento: Usai termos técnicos.

Durante vosso depoimento, falai como economista, explicai-vos como terapeuta lacaniano e esclarecei incertezas como um professor de álgebra. E, por via das dúvidas, usai números, tabelas e gráficos. Como nenhum deputado quererá fazer papel de ignorante, escapareis fácil, fácil.

Sexto mandamento: Arranjai outro escândalo.

Uma boa saída para disfarçar vosso escândalo é conseguir outro. De preferência, um com muitas drogas, sexo e rãs, porque aí a imprensa irá atrás da melhor manchete.

Sétimo mandamento: Colocai a culpa num subalterno.

Se não conseguires uma boa defesa, atirai a culpa nas costas de um dos vossos funcionários. Por exemplo, direis que a lavagem de dinheiro foi ideia da faxineira.

Oitavo mandamento: Chorai.

Sempre se ganha a simpatia do público com algumas lágrimas. Caso não sejais bons atores, há uns cristaizinhos japoneses que resolvem o problema.

Nono mandamento: Renunciai.

Se não houver saída, renunciai dizendo que aquele lugar não é para homens honestos como vós. E, se mesmo assim a pressão continuar, há que recorrer ao último mandamento.

Décimo mandamento: Dai o fora.

Mudai-vos para algum paraíso fiscal (andam falando bem das ilhas Jersey). Um dia o caso será esquecido e aí será a hora de voltar rico e em paz. E bronzeado.

Os velhos dez mandamentos

Eis que Moisés bateu seu cajado numa pedra e o mar Vermelho dividiu-se em dois. Então ele e sua gente começaram a atravessar o seco leito das águas. Entretanto, chegando ao meio do caminho, olharam em volta e viram que a areia era dura, o lugar era espaçoso e, pô, daria para disputar uma peladinha ali.

Organizou-se então um torneio mata-mata com as doze tribos de Israel. O povo estava tão entretido com os jogos que nem notou quando foi cercado pelo exército do faraó.

Com passos duros, Amon-rá, o general comandante egípcio, foi até Moisés e disse:

“Façamos um jogo. Se vencermos nós, morrereis. Se vencerdes vós, partireis.”

A isso Moisés respondeu: “Beleza!”

E, após ter dito isso, tratou de escolher os melhores jogadores entre os homens das doze tribos de Israel.

Começou o jogo e os do povo de Deus foram duramente atacados. A seleção do Egito era excelente. Estava invicta há trinta anos e era famosa por usar um esquema tático em forma de pirâmide, um 4-3-2-1 muito forte na defesa e rápido nos contra-ataques.

E eis que, apesar da valente resistência da seleção de Israel, o primeiro tempo terminou com vitória da equipe egípcia por 1 a 0, gol de Amenófis.

No intervalo do jogo, Moisés retirou-se a um canto e clamou ao Senhor: "Oh, Deus de Abraão, de Isaque e de Jacó, respondei das alturas: o que precisamos fazer para derrotar esses adoradores de bezerro de uma figa?"

E o Senhor respondeu com sua voz de trovão:

"Toma para ti duas pedras do tamanho de um terço de homem."

E Moisés tomou-as. Então caíram raios do céu que escreveram nas pedras as seguintes mensagens:

Amarás o gol acima de todas as coisas;

Não dirás o Meu santo nome em vão quando levares um chapéu;

Guardarás o sábado, mas nos outros dias treinarás;

Honrarás a mãe dos juízes;

Não darás bicões para o alto;

Não matarás a bola na canela;

Não darás carrinhos por trás;

Não farás cera quando estiveres vencendo;

Não furtarás, a não ser a bola do inimigo;

Não cobiçarás a mulher do próximo, pelo menos enquanto estiveres jogando.

E Moisés voltou ao acampamento, onde mostrou as pedras aos jogadores. Aconteceu então um milagre, pois, obedecendo aos mandamentos de Deus, os gols vieram e a equipe dos filhos de Israel deu o maior baile, vencendo por 10 a 1.

E eis que, terminado o jogo, os israelitas caminharam até a margem e de lá viram o poder divino se manifestar, pois as águas do mar Vermelho engoliram o time, digo, o exército do faraó, sem clemência nem piedade. Amém.

Xerxis e Xirxes eram irmãos siameses. Ligados pelo tórax, tinham quatro pernas e dois braços. Na década de quarenta envergaram com orgulho a camisa número três do Barcelona de Dois Vizinhos, Paraná. Com as duas cabeças eram imbatíveis nas bolas pelo alto e com as quatro pernas eram perfeitos nos desarmes por baixo. Porém, um dia, para glória da medicina e desventura do esporte, conseguiu-se separá-los. Xerxis e Xirxes, sozinhos, revelaram-se péssimos jogadores. Um sempre era driblado pela esquerda, o outro não roubava uma bola pela direita. Abandonaram o futebol e hoje podem ser vistos bêbados e abraçados pelas praças da cidade.

Plágio de um poema sobre o sábado

I

Hoje é sábado, amanhã é domingo.
A vida vem em ondas como o mar.
Os bondes saíram dos trilhos.
E Jesus Cristo virou superstar.
Amanhã é domingo, ontem foi sexta.
Meu time pisa hoje o gramado.
Se perdermos, será um dia besta.
Se vencermos, Deus, obrigado!
Impossível fugir a essa dura realidade.
Neste momento todas as tevês estão ligadas,
As cervejas estão geladas,
E pipocas sendo estouradas,
Porque hoje é sábado.

II

Na rua há um engarrafamento
Porque hoje é sábado.
Há um aborto e um linchamento
Porque hoje é sábado.

Um quarentão vai à caça
Porque hoje é sábado.
E os atletas buscam a taça
Porque hoje é sábado.
Há uma mão que afaga
Porque hoje é sábado.
E uma propina sendo paga
Porque hoje é sábado.
Há uma feijoada a caminho
Porque hoje é sábado.
E um gol bem no finzinho
Porque hoje é sábado.
Bebe-se pinga no gargalo
Porque hoje é sábado.
E urina-se no ralo
Porque hoje é sábado.
Há damas de todas as classes
Porque hoje é sábado.
Umas difíceis, outras fáceis
Porque hoje é sábado.
Irmão mata irmão
Porque hoje é sábado.
E o ponta cai no chão
Porque hoje é sábado.
Um homem lava seu carro
Porque hoje é sábado.
E o vizinho tira um sarro

Porque hoje é sábado.
Alguém faz um bar mitzvah
Porque hoje é sábado.
E se come muita pizza
Porque hoje é sábado.
O goleiro engole um frango
Porque hoje é sábado.
E o cunhado fila o rango
Porque hoje é sábado.
Dá carrinhos o zagueiro
Porque hoje é sábado.
Na canela do artilheiro
Porque hoje é sábado.
Há mais uma chacina
Porque hoje é sábado.
E o rico boia na piscina
Porque hoje é sábado.
Descansam os barnabés
Porque hoje é sábado.
E volantes dão pontapés
Porque hoje é sábado.
O garanhão se excede
Porque hoje é sábado.
E a recatada concede
Porque hoje é sábado.
O vizinho ouve Maria Callas
Porque hoje é sábado.
E passa a reprise do Dallas

Porque hoje é sábado.
Um negro vira branco
Porque hoje é sábado.
E o reserva chora no banco
Porque hoje é sábado.
Há uma esperança que morre
Porque hoje é sábado.
E um torcedor toma um porre
Porque hoje é sábado.
Há este plágio sendo feito
Porque hoje é sábado.
E um Vinicius contrafeito
Porque hoje é sábado.
E dando os trâmites por findos,
Porque hoje é sábado,
Há a perspectiva do domingo
Porque hoje é sábado.

Wanderleu era goleiro no tempo em que os goleiros só podiam trajar-se de negro. Porém, um dia, ele usou luvas amarelas. E gostou. Na partida seguinte, além das luvas vieram os calções vermelhos. Depois foi a vez das camisas verdes. E das meias lilases. Então chegaram as listras, os chapéus, as capas, os estrasses, as lantejoulas, os paetês e as plumas. A cada enfeite acrescentado, Wanderleu jogava melhor. Só foi se aposentar quase aos cinquenta anos, quando assumiu o cargo de carnavalesco da Escola de Samba Unidos de Grão Mogol.

Sete motivos

Nossas decisões e atos devem ser, sempre que possível, fruto de uma reflexão prévia, fundamentada em exemplos que nos permitam distinguir a verdade do erro. Sendo assim, dirijo esta crônica aos jovens, sobretudo àqueles que sonham em seguir uma carreira no futebol e ainda não decidiram em qual posição atuar.

Sete motivos para ser goleiro:

1) corre menos;

2) pode fazer pose para fotos;

3) o uniforme é diferente;

4) pode tomar um café de vez em quando;

5) não há responsabilidade na hora do pênalti;

6) quase sempre é o número 1;

7) pode pôr a culpa pela derrota nos zagueiros.

Sete motivos para ser zagueiro:

1) destruir é mais fácil do que construir;

2) é permitido, e às vezes até aconselhável, o chutão de bico;

3) dá muitos pontapés;

4) dá muitas cotoveladas;

5) toma muitos cartões amarelos e, com isso, pode passar os domingos com a família;

6) geralmente ele se torna o capitão do time, ou seja, tem a liberdade para gritar com todos;

7) pode pôr a culpa pela derrota no pessoal do meio--campo.

Sete motivos para ser meia:

1) recebe muitas bolas;

2) aparece muito na televisão, e em closes;

3) tem fama de craque;

4) pode fazer uma firula de vez em quando;

5) é só cair que o juiz marca falta;

6) ganha mais que os zagueiros;

7) pode pôr a culpa pela derrota nos atacantes.

Sete motivos para ser atacante:

1) faz mais gols;

2) é lembrado pelos torcedores;

3) é lembrado pelas torcedoras;

4) dá mais entrevistas;

5) pode inventar comemorações para os gols;

6) ganha mais que os meias;

7) pode pôr a culpa da derrota no goleiro.

Sete motivos para ser dirigente:

1) não sua a camisa;

2) despede o técnico quando quer;

3) pode conseguir uma cadeira no Congresso;

4) põe a família na tribuna de honra;

5) ganha comissão na venda de jogadores;

6) ganha comissão na compra de jogadores;

7) pode pôr a culpa em qualquer um.

Sete motivos para ser cronista:

1) não toma gols;

2) não é expulso;

3) não sofre contusões;

4) não leva pontapés;

5) entra de graça no estádio;

6) dá palpite no trabalho dos outros;

7) ganha a vida fazendo crônicas tolas como esta.

Yrgo era o mais varonil de todos os jogadores da cidade de Cururupu, Maranhão. Tanto que tinha que cobrir uma mulher todos os dias. Nas raras vezes em que isso não acontecia, ele sentia tontura, mal-estar e às vezes até desmaiava. O problema começou quando seu time contratou um técnico severo e disciplinador, desses que não permitem visitas a bordéis nas vésperas das partidas. Yrgo driblava o rigor do técnico com as camareiras dos hotéis em que o time ficava, e assim continuava fazendo seus gols e a equipe seguia vencendo. Porém, antes da final, decidiu-se que todos ficariam concentrados no mosteiro da cidade. Yrgo entrou em desespero. Se não fornicasse, no dia seguinte não faria nenhum gol. Os outros jogadores também ficaram aflitos, pois sabiam que aquela abstinência significava derrota certa. Foi então que Dé, o franzino lateral direito, decidiu fazer o sacrifício pelo time. Na falta de coisa melhor, Yrgo aceitou o oferecimento. No dia seguinte fez cinco gols e o time sagrou-se campeão. E até hoje aquela taça ocupa um lugar de destaque na cristaleira da casa de Yrgo e Dé.

O primeiro *match*

Fazendo pesquisas sobre a história do futebol, tropecei nesta carta que teria sido escrita por um tal Graham de Souza Hunt para seu neto. Obviamente pairam dúvidas sobre o texto, principalmente porque exames grafotécnicos preliminares indicam que a tal carta teria sido escrita com uma caneta Bic.

Querido neto, já que insistes em saber como foi aquele primeiro match *jogado em terras brasileiras, mando-te com muito gosto estas memórias:*

Corria o ano de 1893. Tinha eu 17 anos e estudava na Banister Court School, em Southampton. Eram dias felizes e risonhos, dos quais tenho as melhores lembranças. Aprendi as letras, conheci o império que nunca via o pôr do sol e fiz muitos amigos.

Dentre estes, talvez o mais querido tenha sido um seminarista. Chamava-se John Woodworth. Alma vívida e dinâmica, era amigo da caça, do tabaco e dos sports*; um dia, insistindo muito, ele convidou-me para assistir a um* match *de* foot-ball.

"Foot-ball*?"*

"É um novo sport*. Você vai gostar."*

Devo confessar que, sendo franzino, não tinha gosto pelos jogos de embates físicos. Tolerava o cricket, detestava o rugby. Porém, por respeito ao meu amigo, decidi acompanhá-lo.

Naquela tarde de verão, o prélio envolveria um selecionado da nossa escola, a Banister, e o temido esquadrão, pelo menos assim ele me dizia, do Corinthians Casuals.

Ao chegarmos no pequeno estádio, logo tomamos lugar e colocamos nossos chapéus para melhor nos protegermos do sol. O bom John acendeu o lume do seu cachimbo e, à medida que corria o match, tentava explicar-me suas intrincadas regras.

Não mentiu meu amigo quando exaltou as altas qualidades do Corinthians Casuals. Ali estavam robustos apolos que disputavam a bola com a ferocidade do Javali de Erimanto. Sua virilidade, sua rijeza e seus belos chutes para o alto encantavam a assistência. Em meia hora, já venciam por 3 a 0.

Porém, quando a sorte do match parecia selada, o instrutor da Banister fez colocar em campo um rapazote miúdo, de cabelos pretos e olhos fundos, que, com disposição e velocidade inigualáveis, passou a equilibrar a disputa.

Nipper era como o chamavam, mas Davi poderia ser o seu nome, tal a astúcia com que se movia em meio aos golias adversários. Creia-me, apenas com dribles insinuantes, toques maneirosos e muita destreza, ele, sozinho, igualou o marcador em três pontos.

Terminada a pugna, até mesmo eu, que mal conhecia o engenho e a arte daquele sport, *dei muitos hurras ao astucioso* foot-baller*:*

"O dia é deste tal de Nipper, John", comentei. "Ele nos deu a lição de persistência própria da raça inglesa."

John abriu então um pequeno sorriso e, enquanto recolocava tabaco no bojo de seu cachimbo, disse sem desviar os olhos:

"Permita-me dizer que este Nipper é um compatriota teu."

"Perdão?!"

"É o que lhe digo. É tão brasileiro como o café que tomamos ainda ontem na casa do reverendo Simonton."

Poucos minutos depois fui apresentado ao herói da partida. Seu nome era Charles Miller, tinha 19 anos e, como eu, era paulistano do Brás e também estava na Inglaterra pelos estudos. Tornamo-nos amigos, bons amigos. Como não poderia deixar de ser, comecei a interessar-me pelo sport *que tanto recreio me proporcionara naquela tarde.*

Veio, porém, o mês de junho e Charles embarcou de volta para o Brasil. Não falarei do aplauso reconhecido dos professores, nem da lágrima sincera dos companheiros, apenas direi que ele honrou o nome de nossa jovem República, tão injustamente enxovalhada nas gazetas do velho mundo.

Charles levava o diploma e um emprego, já arranjado, como almoxarife na São Paulo Railway. Mas em sua mala, embaixo de camisas e ceroulas, iam também duas bolas de couro, uma bomba de ar, dois jogos de uniformes e outros petrechos para que ele não deixasse de se deleitar com o sport *que o celebrizara na Inglaterra. "Levarei o* foot-ball *ao Brasil!", disse-me uma vez com os olhos reluzentes.*

Seis meses depois foi a minha vez de partir. Quando desembarquei no porto de Santos fui alegremente recebido por minha família. Mamãe deu-me uns biscoitos e papai uma carta de recomendações assinada por um deputado. In hoc signo vinces, *ele disse e sorriu. Eu agradeci e guardei com carinho as chaves que abririam as portas de meu futuro emprego.*

Não se passaram dois dias, porém, e logo quis ir à procura de Charles. Queria saber se estava bem e se já havia realizado um jogo de foot-ball *no Brasil.*

Quando cheguei à rua Monsenhor Andrade, porém, encontrei Charles abatido e sem ânimo. Nada lembrava o lendário Nipper. Ele tinha um bom emprego, o carinho da família e os suspiros das damas; mas não tinha o foot-ball. *Não que não tivesse tentado. É que, segundo ele, nossos compatriotas tinham uma enorme impaciência para aprender a arte e as regras do* sport.

Ao ver meu bom amigo naquele estado, fiquei aflito e procurei imediatamente ajudá-lo. Mostrei-lhe umas gazetas de Liverpool e ele, ao ler a descrição dos matches, *foi enchendo-se de entusiasmo.*

Na tarde seguinte fomos para a várzea do Gasômetro com uns conhecidos. Depois de espantarmos as mulas, erguer as traves e demarcar o quadrilátero, explicamos-lhes como deveriam se colocar, tocar na bola e arrematar contra o arco.

Coube a mim dar o pontapé inicial daquele primeiro jogo. Toquei para o companheiro do lado e corri adiante a fim de receber o lançamento. Ao virar-me, porém, meus olhos quase caíram das órbitas de tanto que os arregalei: no meio do campo havia se formado uma enorme nuvem de poeira e todos os jogadores, exceto eu e Charles, estavam a se chutar como bárbaros. "Parecem cães", gritou-me Charles, desesperado. "Nunca aprenderão esse nobre sport."

Tivemos que parar tudo. Charles suspirava e, enquanto lamentava o rasgo feito numa de suas camisas, dizia-me ter perdido as esperanças. Seria um zeloso almoxarife e pronto. Nas tardes de domingo jogaria rugby *no São Paulo Athletic, como um bom filho de ingleses. Alguém, com mais paciência, ensinaria os brasileiros.*

Mas Charles não falava com o coração. A verdade é que estávamos viciados naquele sport *e não demoraria para que fizéssemos o primeiro* match *em terras brasileiras.*

Como bem pode adivinhar, neto querido, logo estávamos de volta ao Gasômetro. Mais precisamente, em abril daquele ano de 1894. Para o novo jogo, porém, desistimos dos compatriotas e fomos bater à porta de rapazes ingleses. Aí tudo foi mais fácil.

Charles conseguiu formar um time com funcionários da companhia ferroviária. De minha parte, formei um eleven *só com funcionários da Companhia de Gás.*

Eis a verdade, amado neto, São Paulo Railway × The Team of Gaz foi o primeiro match *de* foot-ball *da história do Brasil.*

Seu velho avô jogou pelo The Team of Gaz e teve a honra de fazer o primeiro ponto marcado neste país:

Basil Fox, que Deus o tenha, deu um potente arremate para o alto e a bola bateu no chão, enganando o back *Larry Newcastle, que Deus o tenha. Rapidamente dominei a esfera e disparei-a para o* goal, *colocando-a com força no canto direito do* goal-keeper *James Mc Govern, que Deus o tenha.*

Mas o São Paulo Railway possuía players *habilidosos e não tardaria em virar o jogo com pontos de Jack Bailey, que Deus o tenha, e dele, Charles Miller. Depois de muita luta conseguimos empatar. Paul Reed, nosso* center-half, *que Deus o tenha, foi ao ataque intempestivamente e decretou o 2 a 2.*

O ponto de desempate seria uma demonstração da arte e da graça com que pode nos brindar este esporte. Miller negaceou dois players, *fintou o* goal-keeper *e depois mandou a bola para o arco com um toque garboso, toque este que imediatamente batizamos de chaleira, posto que inventado por Charles.*

Corremos muito atrás da igualdade, pois não queríamos entrar para a história como os primeiros derrotados em campos brasileiros. Então, faltando poucos segundos para o fim do jogo, aconteceu o inusitado: a bola sobrou para mim na altura do meio-campo. Fechei os olhos, arreganhei os dentes e dei-lhe um fortíssimo pontapé.

Enquanto a esfera descia em direção às traves, o silêncio só era quebrado pelos mugidos de uma vaca ao longe e pelo toque dos sinos da ave-maria. Depois de alguns instantes, que a mim pareceram uma eternidade, eis que a bola cruza o arco. Eu havia conseguido! Fizera um tento inesquecível! Saí para abraçar os companheiros, mas, estranhamente, eles davam--me as costas. Só então me dei conta de que, com as vistas nubladas pela ânsia do empate, havia arremetido contra meu próprio goal-keeper, *Oliver Hill, que Deus o tenha.*

E assim terminou o match *com a vitória do São Paulo Railway por 4 a 2.*

Depois daquele dia realizamos muitos outros embates na chácara Dulley, perto da Luz, onde o campo era maior e não havia muares. Aos poucos, os brasileiros foram tomando gosto pelo sport *e até formaram alguns* teams. *Em 1900 já havia quatro ou cinco deles em São Paulo. Algumas partidas, realizadas no campo do Velódromo, na rua Nestor Pestana, conseguiam atrair até oitenta assistentes.*

Naquele ano recebi uma oferta de emprego em Goiás, que meu pai dizia ser irrecusável. Lamentei deixar minha cidade e meus amigos, mas obedeci. Foi grande o meu padecimento por causa do calor e dos mosquitos, mas lá acabei casando--me e, na falta do foot-ball, *tive sete filhos, o último deles, seu pai.*

Eis os fatos, querido neto. Sou velho, o passado é minha vida, o presente são tosses e o futuro é unir-me a Deus. Tive a felicidade de marcar o primeiro tento em terras brasileiras. Ademais, fiz também o primeiro goal *contra. De um lado, a felicidade; do outro, a decepção. Eis aí, por remate, um bom resumo do que é a existência.*

Zonzo tinha tal alcunha porque estava sempre neste estado. A causa era a aguardente que o atacante bebia desde os primeiros raios de sol. Por conta disso suas pernas estavam sempre bambas e os zagueiros nunca sabiam se ele iria para a direita ou para a esquerda, parar ou seguir, passar ou chutar. O sucesso de Zonzo teve fim

quando um novo padre chegou à cidade e fez com que ele parasse de beber. Zonzo perdeu seu futebol e foi para os bancos da igreja e dos reservas. Os torcedores da cidade ainda estão em dúvida sobre o assunto, e muito se discute se o novo padre é um servo de Deus ou do Diabo.

Saudades

Hoje, estranhamente, acordei com saudades. Saudades dos ataques com cinco jogadores, das bolas de capotão, dos torcedores com chapéu que chegavam de bonde, saudades das camisas sem patrocinador, saudades de encontrar os jogadores do meu time na padaria, saudades dos sonhos de goiabada.

Também senti saudades de jogar bolinha de gude, de empinar pipa, de descer escada sentado em tapete, do pé de pitanga de meu avô, de pegar jambolão, de bala alcaçuz, de carrinhos de ferro, de frases com reticências.

Acordei com saudades de vizinho educado, de nhoque feito pela avó, de chuteiras sem logotipo, de seleção sem logotipo, de jogador sem guarda-costas, de atacante com cabelo, de meus cabelos, de ver mulheres de sombrinha em dia de sol, de ouvir alguém que eu nem conheço me dizer bom-dia.

Senti saudades de jogar bola na rua até esfolar o dedão, de jogar na chuva, de usar uniforme para ir para a escola, de Grapete, de Cerejinha, de meu avô.

Saudades do pomar da casa ao lado, de dormir depois do almoço, dos shorts de panos estampados feitos pela minha mãe, de ser magro, de balão de são João, de ir na praia à noite, de pôr cadeira na calçada, de rua de areia, de cheiro de pêssego, de entrar de graça no estádio, de brincar de forte apache, de quintal.

Senti saudades de jogadores que não mudavam de clube, de ganhar jogo de xícaras com figurinha premiada, do meu time de botão – feito de tampas de relógio e pintado por mim mesmo.

Saudades das Vemagets, dos Pumas, dos SP2, saudade de sagu feito em casa, de meu primeiro Ki-Chute, saudade do barulho da batedeira de minha mãe.

E saudades de ir aos jogos com meu pai, de perguntar por que só o goleiro pode usar as mãos, saudades de uniforme todo branco, de ficar com raiva quando meu time usava o listrado, de paçoca em saquinho vendida em carrinho com bico de foguete, saudade de porta aberta.

Também senti saudades de tevê em preto e branco, de casa com jardim, de espiar escondido a empregada namorando escondido no portão, de usar fantasia no carnaval.

Saudades dos mortos, de ter medo de cemitério e de filme de vampiro e de homem do saco. Saudades de ver os seios que apareciam de vez em quando, e só de vez em quando, na televisão, de ver os avós brigando e fazendo as pazes, saudade do tempo em que futebol não era negócio.

E tenho saudades de pão com mortadela, de molhar o biscoito no café com leite, de não entender de política, de nem saber o que são *commodities*, de pensar que o presidente é honesto, de nadar na praia com um calção que ficava pesado e quase caía, de briga de empurrão com meus irmãos.

Saudade de ganhar dinheiro do meu avô para comprar figurinha de chapinha. Saudade do tempo que já foi. Saudade do que já fui.

E enquanto escrevo esta última crônica, já tenho saudade de escrever sobre futebol.

A meus três leitores, até logo.

markgraph

Rua Aguiar Moreira, 386 - Bonsucesso
Tel.: (21) 3868-5802 Fax: (21) 2270-9656
e-mail: markgraph@domain.com.br
Rio de Janeiro - RJ

Impresso em 2010